101人の、泣いて、笑って、物語。

の中捨てたんじゃない！

志賀内 泰弘 監修

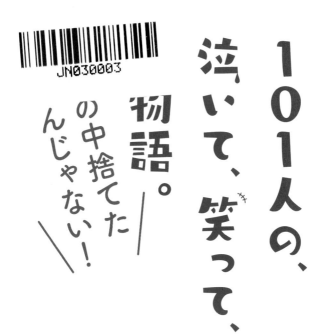

はじめに

人は、人から言われた何気ない「たった一言」で、元気になったり、笑ったり、励まされたり、楽しくなったり、やる気が出たりします。

時には、苦しいどん底の中から救われることもあります。

「たった一言」が、人生を変えてしまうこともあります。

そこで、私が代表を務める「プチ紳士・プチ淑女を探せ！」運動では、

「あなたの心に響いた『たった一言』を教えてください」

「それにまつわるエピソードも教えてください」

と呼びかけました。「たった一言で」コンテストです。

平成21年に第1回を開催し、第10回までに3万1904編もの応募をいただきました。

このたび単行本として刊行するにあたり、この10年間の入選作の中から、「プチ紳士」運動事務局の選考スタッフと、出版元のごま書房新社とがさらに読み込ん

で厳選し、志賀内が監修をして本書の１００編を選びました。

ほろりと泣ける「いい話」。

ジーンと胸の奥に染みわたる「いい話」。

「よし！　明日も頑張ろう」と勇気が湧いてくる「いい話」。

まさしく、「いい話」のトップ１００です。


選考に際して、改めて思ったことがあります。

「ああ～事実は小説より奇なり、と言うけれど実体験に勝るエピソードほど、感動するものはないなあ・・・」と。

日頃、小説を執筆していて七転八倒しながらアイデアを考えている私の実感です。

実は、ここで裏話を一つ。

ごま書房新社から上梓した『ココロがパーッと晴れる「いい話」気象予報士のテラさんと、ぷち猫のテル』の原稿を書いている時もそうでした。ストーリーの展開のアイデアがなかなか湧いて来なくて悩んでいた時のことです。

ふと手に取ったのは、過去の「たった一言で」コンテストの入選作品集でした。

パラパラッと読み進めるうちに、「この話、ちょっと設定を変えて、ひとひねりしたら小説のネタに使えるな」と思った瞬間から、何とみるみるストーリーが湧き上がってきたのです。

おかげさまで、多くの読者の方から「感動した」「泣けました」と感想をお寄せいただきました。それも、「たった一言で」コンテストのおかげです。

〝世の中、捨てたもんじゃありません！〟こんなにも「いい話」があるのです。

なんて人生はドラマチックなのでしょう！

ちょっと心が疲れた時、本書のページをパラパラッと開いてみてください。きっと、元気が湧くサプリメントになることと思います。

令和二年初春

「プチ紳士・プチ淑女探せ！」運動
代表　志賀内泰弘

101人の、泣いて、笑って、たった一言物語。世の中捨てたもんじゃない！◆目次

第一章 〝界隈〟旅行なら行けるね

第二章　私があなたの保証人になります！

第三章　座れって。何で？　何でって、年寄りだからだよ

第五章　楽しかったわよ

第一章

〝界隈〟旅行なら行けるね

たった一言

『〝界隈〟旅行なら行けるね』

〝界隈〟旅行なんて言葉はないが、海外旅行に比した私達夫婦の造語である。

私は四〇年近く勤めた会社を退職したが、周りの友人のように海外旅行や趣味といった悠々自適という訳にはいかない。

二七歳になる重度の知的障害を持つ息子との生活がある為だ。彼は言葉が話せない上に歳をとる毎にこだわりが強くなり、食事、排泄、入浴等日常生活の全てにおいて私達の介助を必要としている。

それも宿命と考えてはいたが、三年前思い切って訪ねた市の障害福祉課で相談した結果、月に二度、一泊二日のショートステイが受けられることになった。

その時妻が言った、「海外旅行は無理だけど、〝界隈〟旅行なら行けるね」を機に、私達の月二度の、近場の旅が始まった。

夫婦で相談した私達の〝界隈〟旅行は、
一、出来るだけ歩くことを心掛ける（目標一〇Ｋｍ）
二、一日一箇所と決め、出来るだけ丁寧に見る（事前勉強やガイドの利用）
三、ちょっと美味しいものを食べる
と、「楽しみながらの心身の老化防止」を目指している。

幸い京都、大阪、神戸、奈良の名所旧跡は日帰り圏内であり、一泊すればもう少し足をのばせる。


振り返るに私達の〝界隈〟旅行は、チャンスが限られているから続いているのであり、決して負け惜しみではなく、年に一、二度の駆け足海外旅行よりもはるかに密度の濃いものだと思える。

また介助の生活にもゆとりが出来、時折見せる息子の笑顔にそれまで以上に生き甲斐や喜びを感ずるようになり、今やこの〝界隈〟旅行が私達家族の潤滑油ともなっている。

障害の息子のお陰で、「幸せとは他人と比較するものではなく、人それぞれが自分に与えられた環境を享受し、その上で出来ることを精一杯することで与えられるものである」を実感させられている。

たった一言『泣くのが仕事』

ようやく子供も一歳を過ぎた初秋の日。いつも近所の公園ばかりでは、やんちゃな息子も飽きてしまうだろう。そう思い立って、その日は動物園に出かけることにした。電車でも行ける場所なのだが、乗り換えなどのアップダウンがきつい。サラリーマンは嫌な顔をするし。そのため、バスが私の最近のマイブームお外も見えるし、息子の機嫌も持ってくれるだろう…。というのは甘い考えだった。

よいお天気でバスは意外にも混雑していた。前方に席を確保したものの、ものの一〇分で息子という名のモンスターは暴れ始めた。「お水は？」「ビスケットだ！」「おせんべいはどうかな？」「車のおもちゃだー！」

何をしようとも、息子は強力な力で手足を振り回し、泣きまくる。いや、こっちが泣きたいよ、もう嫌。混み合ったバスの中、息子の泣き声と私の「すみません」という小さな声だけがぐるぐるまわる。他のお客さんに申し訳なさ過ぎる、降りることも考え始めた半べその私。

その時。

「あー泣いてんねー。おなかすいてんのかねー？　赤ん坊は泣くのが仕事だけんねー」

後ろのほうに座っていた行商のような大きなかごを背負ったおばあさんが、息子の泣き声を遮るように言ったので、みんなびっくりした。

「これあげるからー」

小さなスナック菓子の袋を頭の上で大きく振っている。と言ってもそのおばあさんと私たちはバスの前と後ろ。混み合っていて、取りに行くことも届けてもらうこともできない。どうしよう、有難うだけでも。そう思って首を後ろにねじると。なんとそのお菓子の袋が、おばあさんからその前の人に。そしてさらに前の人に。今まで黙っていた人たちが、お菓子をリレーしてくれていた。

私の一つ後ろの人は、眉をひそめたサラリーマン。あれよあれよという間に近づいてくるお菓子。サラリーマンもきちんとリレーしてくれた。

手渡されたお菓子の袋は、ただのお菓子の袋だけど、人の温かみが詰まっているようで、不意に涙が出てきた。都会でみんな冷たい顔をしているけれど、そんな人たちが子育てに擦り減っているママの心を温かく埋めてくれることもある。名前もわからないし、顔も覚えていないけれど、そのバスのひとりひとりに感謝。

そして、明日からも子育て頑張るぞ。

たった一言

『子育てはね、「まぁ、いいか」だよ』

初めての出産、育児で毎日に追われていた私。ふと、母に尋ねたことがあります。

「子育てで一番大切にしていることは？」

「子育てはね、『まぁ、いいか』だよ」

どんなに良い言葉が聞けるかと思っていた私には、思いもよらない母の言葉でした。母は続けて、

「どんなに寝つきが悪くても、どんなにおっぱいを飲まなくても、ご飯を食べなくても、走るのが遅くても、勉強ができなくても…まぁ、いいか、と親が思わないと、子供はプレッシャーに押しつぶされちゃうんだよ。だから、上手くいかないときは、自分に『まぁ、いいか』と言ってごらん」

育児書通りにやらなくてはと思っていた私の心がスッと楽になった一言でした。

それからは、子供が産まれた友達にもこの話を自分がしています。

たった一言

『何とかなるから』

独立して間もないある日、たくさんの注文を頂いた私は二日間徹夜で品物を仕上げ、納品に向かいました。お盆のさ中で高速道路は大渋滞。睡眠不足で閉じそうになる目を何度もこじ開け、出口まで来た時…、「ドーン」という音と頭の痛み、胸の苦しさが、私の目を覚ましました。

一瞬眠ってしまった私は、追突事故を起こしてしまったのです。車を降りて、「すいません」と何度も謝りました。ふと気が付くと、「独立したばかりで」とか「二日間寝てなくて」などと、聞かれもしないのに一生懸命に話している私。気が動転していたのだと思います。

警察の現場検証が終わり、壊れた車から荷物を降ろしていると、被害者の方が近づいて来られました。そして、

「車動かんのやろ、納品どうする？　載せて行ったろか？」

と言われるのです。私は耳を疑いました。

「いえいえ、そんな申し訳ないですから…」

と言う私に、

「ええから、荷物載せろや」

とその方。トランクが凹んだその車の助手席で恐縮する私に、「ワシもなぁ、独立した時、苦労したんや」「まぁ、何とかなるから」と、その方が声を掛けて下さったのです。私の肩をポンポンと叩きながら。その途端、私の目からは滝のような涙が…こみ上げるものを抑えられず、しまいには声をあげて泣いていました。申し訳なさと、これからの不安で張り詰めた私の気持ちが、この一言でどれだけ救われたことか。この方は建設会社の社長さんでした。

私の姿が、若い頃のご自分に重なって見えたそうです。送っていただいたお陰で、何とか納品時間に到着。しかし、お客様の前で荷物を開けた時、その場が凍りつきました。

二日間徹夜で作った品物が、事故の衝撃でグシャッと変形しているのです。私はへたりそうになりながら、「すぐ作り直してきます…」と言うのが精一杯。

お客様は荷物をのぞき込みながら、

「まぁ、直しながら使えるやろ。それより大丈夫か？　大きなたんこぶ作って」

と品物よりも私を心配して下さいました。そして、

「車が無かったら納品困るやろ？　ちょっと待っとき」

と車を回して来られ、

「車が直るまで、これ、使うたらええわ」

と言って下さるのです。

「そんな、申し訳ないです…」

と恐縮する私に、「ええから乗っとき」の優しいお言葉。帰り際に車へ乗り込んだ時、「頑張りや！」「何とかなるから」と言いながら、お客様が私の肩をポンポンと叩いて下さったのです。

私は、またも、こみ上げるものを抑えられず、その場で大泣きしてしまいまし

た。このお客様も、若い頃独立してお店を立ち上げ、苦労されたそうです。温かく背中を押して下さる優しさが心に沁みました。

私にとって感謝してもしきれない、ありがたい救いの手。それが二度も続けて差し伸べられた奇跡。おかげでヨチヨチ歩きの仕事が何とか続けられました。

そして、お二人の恩人から掛けていただいた、忘れられない言葉、「何とかなるから」。今も、苦しい時や辛い時、私を支えてくれる大切な一言です。

たった一言 『ぼくは　こどもで　げんきだから』

お盆に大阪へ行く用事があり、足の不自由な妻と電車に乗ったときのことです。あいにく席は全部詰まっていて、妻はドアの横の手すりを持って立っていました。

すると、すぐ横に座っていた小学一年生ぐらいの男の子が立ち上がり、

「どうぞ」

と言ってくれました。妻は立ってくれたのが小さい子供だったので、

「ありがとう、でも大丈夫よ」と言いましたら、

「ぼくは　こどもで　げんきだから」

と大きな声で言ったので、周りの人たちが笑ってなごやかな雰囲気になりました。

妻は男の子の好意に甘えて、席に座らせてもらいましたら、その子の母親と思われるおなかの大きな女性が座っていて会釈をしてくれました。

電車を降りるときに男の子に、

「ありがとう」と妻が礼を言うと、

「いいえ」

と笑顔で言ってくれました。あとで妻と、あのお母さんはいい躾をされているねと話したものです。節電で蒸し暑い車内でしたが、やさしい男の子のおかげで、さわやかな気持ちにさせてもらいました。

たった一言『お母さんが代わってあげたい…』

思えば遠い昔、一三年前の出来事で、今でも心の支えになっている言葉があります。

「お母さんが代わってあげたい…」

病院の個室病棟で手術後の私に付き添ってくれた、母の言葉でした。元気だった二六歳の私に、突如告知されたのは【胃がん】。ステージ3の末期に近い進行がんでした。

平成九年二月二六日に、胃・胆のう・脾臓を全摘出、食道・すい臓を部分摘出という、それは一〇時間の大手術でした。

手術後、個室で過ごす日々は、想像をはるかに超える壮絶な痛みでした。丸三日、一睡も出来ないほどの激痛。高熱にうなされ、強制的に目をつぶっても、痛みで起きて時計を見ると、たったの三〇分ほどしか経っていません。過ぎてみれば落ち着くとわかるその経過も、その渦中にいるうちは、見えない暗闇のトンネルを、地図もないままただ歩く、そんな暗黒の世界でした。

つらかった。けれど、付き添う母の心痛は計りきれず…！　あまりの痛みに、意識がもうろうとする私を見て、母が発した言葉が、

「お母さんが代わってあげたい…」

涙交じりで、背中を向けながらこぼした母の言葉。明るく気丈な母からは想像できない言葉でした。けれど、時同じく私が思い、心で発した言葉は、

「これが私でよかった！」

心の底からそう思っていたのです。

一九歳で結婚した母は、慣れない農家の嫁となり、年中無休の過酷な道を選びました。末っ子の私を入れて三人の子育てに奮闘し、みるみる激やせになるほど

働きました。同居の祖母との確執も、子供の私にも伝わるほど…。

　けれどいつも、じっと我慢をしながら、置かれた環境の中、ひたむきに、いつも一生懸命でした。笑顔の絶えないヒマワリのような母。その明るさの陰には、大きな苦労や悲しみが詰まっていて、子供心に胸痛めることも多々ありました。何の親孝行もせずまた苦労をかけてしまった。申し訳なく悲しかった…。

　なのに、我が事のように心配し、泣いてくれた母。そんな母だからこそ、この世のものと思えない痛みが、自分でよかったと思えたのです。幸い、山あり谷ありを繰り返しながらも、五年の節目を越え、今一三年目を元気に過ごしています。五〇代前半の母は還暦を過ぎ、二六歳だった私は、今日で三九歳になりました。あのとき発してくれた母の言葉は、ずっとずっと心の支えとなって励みになっています。

　苦しみを数重ねながら、どんな時も苦しみを共有してくれた母を誇りに思い、今も【いのち】輝かせて生きています。

たった一言

『一人でよく頑張ってきたね』

今の主人と出会ったのは八年前。当時、私はバツ一、子どもが一人いました。主人と出会って一年後、子どもの事も考え、お互いの気持ちも固まったので「結婚」という話になったのですが、うちの両親はともかく、主人の両親の了解を得ないといけません。

もちろん主人は初婚。そう簡単には許してくれないだろうと覚悟して、挨拶にいきました。

「初めまして…」の挨拶を済ませ、出会いのいきさつや前の夫と離婚に至った経緯などを話しました。話していくうちにだんだん気が重たく、つらくなってきたとき、

主人の母からの一言。

「一人でよく頑張ってきたね」

それは離婚してから今まで、一人で子どもを育ててきたことへの褒め言葉でした。その一言を聞いた途端、涙が止まりませんでした。まさかそんな言葉をもらえるとは思っていなかったので。

主人と結婚した今でも、お義母さんを大切に思えるのは、やはりその一言のお陰だと思います。

たった一言『声を掛けてあげてください』

私が昼間、電車に乗っていたときの出来事。混んでは居なかったが座席は満席。いつも近くにお年寄や妊婦さんが居たら席を譲るようにしていた。私の視界に入ったのは、遠くで立っているかなり大きなお腹をした妊婦さん。誰か譲ってくれないかなと思いながらも、一駅二駅と通過していく。

私の席は、大きな男性に挟まれて狭く、その上妊婦さんはかなり遠くに居る。譲っても座れるだろうかと考えただけで、何も出来ない。

そんな時、ベビーカーの横で立っていた若いお母さんが、私の隣に座っていた若いサラリーマンの肩をたたき、

「あそこにもうすぐ産まれそうな妊婦さんが立っています。さっきから誰も席を譲ってあげません。あのお腹だとかなりつらいと思うので、席を譲ってあげていただけませんか。彼女に声を掛けてあげてください」

そう言った。

男性はちょっと恥ずかしそうに声を掛けた。妊婦さんの周囲の人は、下を向いた。妊婦さんは、歩いてきて私の隣に座った。事情を知らない彼女は、わざわざ遠くから自分を見つけて席を譲ってくれた男性の行為に、ハンカチで涙を拭いた。ベビーカーのお母さんは、何も言わずにっこり笑っていた。

私も自分の席が狭くて譲れないなと思っただけなので、後悔した。素敵なお母さんだった。

たった一言

『オカンまかせたぞ』

昨年三月十一日に突然、警察官である父親からメールが入った。

「オカンまかせたぞ」

僕はどうゆう意味かわからなかったので、「何が？」と返信したが、メールは返ってこなかった。

そして家に帰り、テレビをつけると速報だらけだった。東日本大震災。僕はその時、父親のメールの意味がわかった。

「東北へ行くから帰ってこられるかわからない。もし帰ってこられなかった時、オカンまかせたぞ」という意味だったのだと。

その地震から約二週間がたった夕方のことだった。夕食を食べているとき、突然、「ただいま」と聞こえた。何気なく「おかえり」と言って玄関を見ると、ひげが生え、痩せ細った父が立っていた。とても嬉しかった。

僕はひとまず、

「オカンめっちゃ元気やで！」

と笑顔で言った。

たった一言

『相談相手にはなれないかもしれないけど、話し相手にはいつでもなるからね』

高校二年生の秋のことです。夕方、いつものように家に帰ろうとすると道の向こうから走ってくる母の姿が見えました。とても慌てていて、その姿を見た瞬間ぎくりと嫌な予感がしました。そして私に気が付き、息を切らせながら、

「お兄ちゃんが事故に遭ったからすぐに来てほしいって…、病院から連絡が…

えっ、一瞬、目の前が真っ暗になり、体の中で何かが大きく波打つのを感じま

した。

それから考えるよりも先に、母と二人で走り出し、急いで病院に向かいました。病院に到着すると、兄は集中治療室で緊急手術を受けていました。今まで聞いたこともない、痛みに耐えかねた兄の悲鳴とも呻き声とも言えない叫びが手術室から聞こえ、私は全身の震えが止まりませんでした。

奇跡的に命に別状はないとのことでしたが、兄は重体のため、そのまま入院、母と私は帰宅しました。そして、私はその時見た隣にいる母の青ざめた顔を今でも忘れません。それと同時に、近くにいる私がしっかりして元気でいなければ、と強く思ったことをはっきりと覚えています。

兄の事故により精神的に大きなショックを受けた母は、毎日ぎりぎりのところで頑張っているようでした。だからこそ、私は自分の事で迷惑をかけてはいけない、少しでも手助けできるようにならなくては、と気を張っていました。

家族や友人には落ち込んだ素振りを見せないように、気付かれないように、私は大丈夫、と言い聞かせていました。

そんな時、部活の友人がふと私に言ったのです。

「この頃元気ないじゃん、どうしたの？　眉間にしわ寄ってるなんてらしくないよ～！」

このあっけらかんとした、それでいて私を見て心配してくれていた友人の言葉を聞いた時、緊張の糸が切れました。知らず知らずのうちに強がって、自分の抱えている不安を誰にも話せなくなっていた私は、その時初めてぼろぼろと涙が出て気が付いたのです。

（あぁ、私は泣きたかったんだ、私も弱っていたんだ…）

それから兄のことを話し、今の自分はあまり元気ではないのだということを素直に伝えました。すると、うなずきながら聞いていた友人がゆっくりと力強く言いました。

「相談相手にはなれないかもしれないけど、話し相手にはいつでもなるからね」と。そのたった一言に本当に救われた気がしました。

ただ、話を聞いてくれる人がいるということがどんなに嬉しいことか、そんな友人がそばに居てくれることがどんなに素晴らしい事か…。それに、このような場面では何かアドバイスをしよう、元気づけるために良い事を言ってあげよう、と考えてしまいがちで、こんなにシンプルで温かい言葉を言える人はなかなかいないと思いました。

この出来事をきっかけに私はささいなことも話すようになり、気持ちがとても楽になりました。私も誰かにとってそんな存在になりたいです。今でもその友人には感謝の気持ちでいっぱいです。

たった一言

『辛かったね。よく頑張った』

「お前なんか死んでしまえ」「きもち悪い」と、最近の高校生は簡単に人を傷つけてしまうのが得意だ。そんな言葉を聞くとまた中二の頃のエピソードを思い出してしまう。

小学校からずっと一緒にいた子から、避けられるようになった。そして、悪口を言われるようになった。その子の周りには多くの友達がいた。

最後には、クラス、いや学年、いや、すべての人が私を嫌っているようにまで見えてきてしまった。それでも、学校は休まずに行った。

そして、どんなに苦しくても人前では涙を流さないようにした。

これが私のプライドであった。

いや、今思えば、見栄を張っていたのかもしれない。だが、一人になると、『死』

という一文字だけが頭に思い浮かんでいた。昔っから人一倍元気で笑顔がとりえだった私から笑顔も消え、居場所も消えた。まず、その変化に気づき始めたのは、母だった。

「何かあった？」

と聞いてきた。私は、

「何もないよ」

と答えた。すると母は、

「辛かったね。よく頑張った」

といった。その瞬間、目から「何か」が出た。その「何か」は二時間、いや三時間ほど、止まらなくなった。それから私は、段々と笑えるようになった。

三年経った今も私は元気に過ごしている。そして、一番の成長は、人に心を開くことができるようになったことである。今の私が笑顔でいられるのは、きっとすべて母のおかげである。

たった一言

『うちで、一緒に暮らそう』

実家の父が、病に倒れた。命は取りとめたものの、不自由な体になるだろうと医師に宣告された。バリアフリー仕様でもない家で、母一人で父の介護が出来るのだろうか。そんな不安を口にした私に、夫は間髪入れずにこう言ってくれた。

「お父さんとお母さんにうちに来てもらって、一緒に暮らさないか?」

「でも……」

躊躇する私に、夫はもう一度、力強く言った。

「うちで、一緒に暮らそう」

その夫の一言が、私を、そして母を、どれほど心強くさせたことだろう。

幸い父の容態は思ったより回復したため、同居の必要はなくなった。しかし、私は、あのときから心に決めている。もしも今後、夫の両親に介護が必要になったときは、今度は私が、躊躇せずに言ってあげるのだ。
「うちで、一緒に暮らそう」と。
私たちは、家族。これからも、支えあって生きてゆく。

たった一言『バナナを。あんたは私の孫だよ』

私は二年前に夫を亡くし、私自身も右腕の機能を失い、一年間入院生活をしていました。その時、病室の隣にいた安田さんという九六歳の方がいました。気丈な方で他の老人たちとは違い、病気と真剣に向き合い、看護師に頼ることを極力しない方でした。

いつまでも片付けされない食事の食器をナースコールで、「片付けしてください」と頼むことさえしませんでした。足が不自由なのに歩行器を使って、自分で片付けしに行こうとしていたので、いつのまにか、私は三食、片手で安田さんの食器を片付けるようになっていました。

私は夫を失ったショックで失語障害に陥り言葉を発することができずにいました。そんな私に安田さんは色々な話をしてくれました。

産まれ育った青森の話。林檎畑の話。お見合い結婚の話。娘さんが十九歳でこの世を去った話。ハタという自分の名前は魚の名前からきているのではないという話は、毎日のように話してくれました。毎日、昼食で出るバナナを私にくださいました。

私は安田さんのお陰で心を開き始め、ある日、安田さんに私は一枚のメモを渡しました。

「夫が死んだんです。私のせいかもしれません…」

安田さんはそのメモをじっと見つめた後、私を手招きし、頭を撫でて、

「こんな優しい子のせいで人は死んだりしないよ」

とおっしゃいました。私はそれまで抱え込んでいた何かが一気に押し寄せ、安田さんの胸の中で号泣しました。私はその日から言葉を発することができるようになりました。

ようやく右腕の移植手術をする病院先が見つかり、一年入院していたその病院を退院することになりました。その頃には、安田さんは歩行器でも歩けない状態になっていました。

安田さんとは朝から会話は無く、言葉がみつからない私がいました。

昼食時、私は荷物をまとめて安田さんに、

「今までありがとうございました」

と一言だけ言って、病室を出て長い廊下を歩き始めました。

その時、後ろから私の名前を呼ぶ声がしました。掠れた声で。けれどはっきりと。振り向くと安田さんが四つんばいになって廊下に出ていました。手にはバナナが握り締められ、強く握り締められたバナナから白い中身がはみだしていました。

「バナナを。あんたは私の孫だよ」

這い蹲りながら、必死に私に向かってバナナを差し出しました。

「私は、安田さんの孫だよ」

そう言おうとしても言葉が詰まり涙が溢れ零れだし、私はぐちゃぐちゃの顔で安田さんの手からバナナを受け取りました。

「さっさとお行き、早く腕を治すんだよ」

看護師に支えられて病室に連れられていく安田さんを見届けた後、私は泣きながらバナナの皮を剥き、頬張りゆっくりと長い長い廊下を歩き始めました。

今でもあの日の四つんばいになっている安田さんの姿を思い出します。そして、私の耳にははっきりと、「バナナを。あんたは私の孫だよ」と聴こえてくるのです。胸の熱さと共に。

たった一言

『その人の大切さは その人がいなくなって初めてきづくんだよ』

わたしにはおじいちゃんがいました。優しくて、とてもとてもかわいがってくれていました。そんなおじいちゃんが、わたしが小学四年生のときに肺炎になりました。はじめは補助があったら歩けたのですが、日付がかわるにつれて病気が悪化し、自分で歩くことができなくなりました。

病気がさらに悪化したので、入院しました。

お見舞いに行くと、食べ物を飲みこめなくて胃に流動食をながしていました。

わたしは、そんなおじいちゃんの姿を見て、

「わたしだけ食事していいのか？」

と思い始めました。

ある日、わたしはお見舞いのときにゲームを持っていくようになりました。ゲー

ムに夢中で、おじいちゃんに話しかけられても、「うん」としか答えていませんでした。そんな日が何日もつづきました。

そして、四年生の一学期の終業式の日でした。式が終わって、わたしは友達と子供の家で遊んでいました。遊んでいるときに車で家族が迎えに来ました。

「おじいちゃんが！」

急いで病院に向かいました。…病室にはおばあちゃんと、白い布を顔にのせたおじいちゃんがいました。その姿を見たわたしは涙が止まりませんでした。

「こんなことだったら、遊ばなければよかった…」

お母さんもおばあちゃんも一番つらいと思うのに涙を我慢していました。おばあちゃんは、ずっと泣いていたわたしに、

「その人の大切さは、その人がいなくなって初めてきづくんだよ」

と、教えてくれました。

（・・・。）

空を見て、「ごめんね」とつぶやきました。

小さい頃からかわいがってくれて、とても大好きだった人が、わたしの小さなミスで消えてしまいました。恩返しも何もしなくて、大人になって背が伸びたことをみてもらいたかった。

それから、わたしはおばあちゃんが言ってくれた言葉を忘れず、いままで以上に家族や友達を大切にしていきます。もう後悔なんてしたくないから。

なにか大きな行事があるときは、必ずおじいちゃんに報告しています。

たった一言『こころがふんわりしてるから』

末っ子が一歳のころ、せっかく作った離乳食を食べてくれず、ご飯の中に手を突っ込んで遊んだり、わざとこぼしたりして、食べさせようとしても、全身で拒否されることがよくありました。私もイライラしてしまい、少し頭を冷やそうとその場を離れました。しばらくトイレにこもってからでてみると、四歳になるお兄ちゃんときゃっきゃと笑いながら、パクパク食べていました。

びっくりして、お兄ちゃんに聞いてみると、

「あのな、まゆちゃんな、あそびながらたべたかってんて。だからきしゃごっこしながらたべてるねん」とのこと。

「おしゃべりできないのによくわかったね」というと、

「ぼくな、こころがふんわりしてるから、あかちゃんのきもちがわかるねん」

とニコニコ顔で教えてくれました。

その言葉を聞いて、大好きな大切なわが子なのに、日々の家事などに追われ、ぎすぎすした心で接してしまっていたことを猛省しました。子供との大切な毎日をふんわりしたこころで過ごしていきたいと、強く思うようになったきっかけとなった一言です。

たった一言『おなかのちゅうしゃじょうはいっぱいです』

赤ちゃんの時から食に執着のない三歳になる息子。そんな息子の食事の時間は本当にゆっくり。その日も朝から息子はゆっくりと時間をかけて…、早く出かけないといけない私はイライラしていました。

「いいかげんに早く食べ終わりなさい！」

そう言った私に息子が一言。

「もう　おなかの　ちゅうしゃじょうは　いっぱいです」

思わずイライラモードも吹っ飛んで笑ってしまいました。子供の発想のユニークさ。朝のバタバタ時間に、少しゆったりとした空気が流れました。

たった一言

『笑顔を見るだけで幸せになれた』

幼い時から、何かと気にかけてくれた叔母。大学生になると、りんごの季節には私が大好きなのを知っていて箱いっぱい送ってくれた。中には、いつも手紙が添えられていて、それを読むのが楽しみにもなっていた。

叔母は早くに旦那さんを亡くし、広い大きな家に一人暮らしをしていた。病気という病気をしたことがなく、八〇歳を超えているとは思えないほど若々しく見える。自分で畑を耕し、冬は屋根の雪寄せだってやってしまうほどだ。

それにいつも明るい。人付き合いもいいので、ご近所さんからも慕われていて、買い物に行く時は、「一緒に行きましょう」と誘われるほどだった。

りんごの季節がやってきた。また叔母から送られてくるりんごを楽しみにしていたが、その年は来なかった。社会人になっていたから、(もう、学生じゃないから送ってくるわけないか・・・）と思い、いつもお正月に会うので、今度は自分が何かお礼を持っていこうと考えた。しかし、会えなかったので手紙と一緒に送ることにした。

忙しさにかまけて、手紙の返事すら来てないことを忘れていたある日、珍しく父から電話がきた。

「はい、もしもし。どうしたの急に」

「実は、言ってないことがあったんだ」

「言ってないこと？」

「叔母さんのこと」

「・・・。」

その時初めて、りんごがこない理由も手紙の返事がないことも分かった。りんごが来なかったあの年、叔母さんは脳梗塞になり倒れたのだという。近所の人が家の中で倒れていたのを発見してくれたおかげで、一命を取り留めたのだ。

しかし、左半身が不随になり、記憶も一時期失われていた。だいぶ回復したのだが、今まで元気に動けていた自分の体が思うように動かなくなったことにショックを受け、うつ病を併発していたのだという。そして、一人じゃ生活できないから老人ホームに入っているというのだ。父から聞く叔母さんの話は、今まで聞いたこともない知らない人のことのようだった。

「会いに行かなきゃ」

咄嗟にそう思った。何かしないではいられない。

次の休みの日。叔母さんに会い行った。そこには、見たこともない弱々しい姿の叔母さんが椅子に座っていた。体は一回り小さくなったのか。年はうんととってしまったのか。可哀想になった。しかし、泣き顔なんて見せたら心配されてしまう。笑顔で話そう、そう思った。

「叔母さん。会いに来れなくてごめんね。元気そうで良かった」

「りんご送れなくてごめんよ」

叔母さんは下を向いたまま言った。

「いいんだよ。いつもありがとう」

するとと叔母さんが顔を上げて、私の顔をじっと見つめだした。そして、

「ああ、あんたの笑顔を見るだけで幸せになれたよ」

思わず、涙が溢れてきた。叔母に笑顔が戻っていた。どこか会うのが怖いと思っていた。でも、会って良かった。これからは、叔母のためにできることをたくさんしてあげようと思った。

たった一言

『若いうちに挫折しておいたほうがいい』

大学受験に失敗し、予備校に通うことになりました。友達はみんな現役で志望校に合格。毎日、落ち込んでいました。当然、勉強も手につかず。そんな時、高校の同窓会のはがきが来て、友人に誘われて参加することに。

当日、浪人生で参加したのは私だけでした。みんな楽しそうに大学生活の話で盛り上がっています。そんな時、担任の先生がそばに来て、

「若いうちに挫折しておいた方がいいんだよ。大人になって初めて挫折を味わうと立ち直りに時間がかかるよ」

と言ってくれました。目から鱗でした。

大人になった今、私はちょっとのことではへこたれず、頑張ることができます。

あの時の担任の先生の言葉通りだなと思います。

たった一言

『今までお世話になりました』

大学4年。息子が就活で内定をもらったときの電話で言った言葉です。

「内定をもらいました。これからは自分で生活していけます。今まで本当にお世話になりました。ありがとうございます」

はたから聞けばこの他人行儀な言い方は、けっして突拍子も無いことではなく、なぜかわが家の息子たちは親に対して敬語を使うのであった。

それがいつの頃からか定かではないけれど、気がつけば家庭でも比較的折り目正しい静かな子どもであった。

「おめでとう。よかったね。でも今までだってたいしたことはしてあげてないんだから、そんなに気を使うことないよ」

いつだって脳天気な母親である私は気楽に言ったのだが、実を言うと息子の言葉にジンときて、ちょっとはホロッとしていた。

かつてない氷河期といわれた就職難の年に、ひたすらがんばったのは息子自身なのだから。

これからも前途多難な世の中であるのは間違いないのだけど、二十二歳の旅立ちが幸多かれと祈る私であった。

たった一言 『一緒に働けるといいですね』

厳しい就活戦線。私は、大量採用後かつリーマンショック後の、最初の就活生。学生も本気だけれど、不況だからこそ採用担当者の方も本気で、面接では意地悪なことを言われることもしばしば。

私のことを『友人』や『家族』として必要としてくれる人はいるけれど、『社会人』としては必要とされてないのかな…と、もんもんとする日が続きました。

その中で、何とか選考が進んでいたA社での三回目の面接。

帰り際に面接官が、

「ボクは人事部じゃないから分からないけれど、一緒に働けるといいですね」

と言って下さいました。

そのコトバが本当に嬉しくて、その後の選考も突破し、内定まで頂くことができました。

もしかしたら、私だけにではなく、他の学生にも言っていたのかもしれません。

でも、間違いなくこの温かい言葉こそが、私が就活を乗り切るエネルギーになりました。

四月に入社して、その面接官に会うことがあったら、是非、

「一緒に働けることになりました！」

と伝えたいです。

第二章

私があなたの保証人になります！

たった一言

『私があなたの保証人になります！』

「私があなたの保証人になります。これで問題はないでしょ」

九年前、キッパリと言い切ったひとがいる。

路上生活者であった私が、「ホームレス自立支援センター」という施設に身を寄せたのは四十一歳の時。入所して二ヶ月、やっと仕事が決まった私は、久しぶりの労働に汗する日々を過ごした。

職場は居酒屋。私は、自分の「再生」をこの仕事に賭けていたので、汗まみれの日々をいっさい手抜きせず、懸命に打ち込んだ。

試用期間を終えて本採用となった時、一つの問題が生じた。

「金銭を扱う仕事であるから、保証人を立ててくれ」

との社長の言葉。

「採用に不利になる」という理由で、面接の際には施設に入所していることは黙っていた。私のような者が保証人を立てる場合、どうしても「施設」を通さねばならず、すると職場にそういう施設で生活していることが判明してしまうわけで、実際、そのことが原因で「採用取り消し」となる例があるのだ。

（せっかく決まった仕事もこれで帳消しか…）と気力が失せて灰色のため息、ひとぉつ、ふたつ…。

その日から無断欠勤をした。そして二日後、こんな私の元へ訪ねてくる人があった。店の副店長で、履歴書にある住所を頼りに真夏の炎天下、汗だくになって来てくれた。女性ではあるが仕事にシビアで、「副店長」という肩書き通りの人である。

私の住所、といっても「自立支援センター」である。そこへ副店長がやってきたのだ。もう隠しようがない。私はすべてを話し、（天涯孤独の路上生活者であったこと）、「保証人」の件で悩んでいることを打ち明けた。

すると副店長は、

「私が保証人になります！」

とその場で言い切ったのだ。

驚いたのは私のほう。

「何を言ってるんですか！　知り合ってまだ日も浅いのに、私みたいな者の保証人になるなんて無茶ですよ！」

しかし、副店長は、

「あなたの仕事ぶりを見て、信用できるから言ってるんです」

その言葉に私は、泣きそうになった。この仕事に「再生」を賭けて、打ち込んでいた私の姿をこの人は、ちゃんと見ていてくれたのだ。「保証人になる」というお言葉に甘え、私は仕事に復帰した。仲間たちとふたたび汗を流し、笑い合える輪の中に身を置くことができたのだ。

あの日、「私が保証人になります！」と、救いの手を差し出してくれた副店長は、いまもその手を離さず、私の妻となり、あの頃と変わらぬ誠実な眼差しで私を見つめ、支えてくれている。

たった一言

『ぼくには、もうせんせいとよべるひとがいません。せんせいにあえて、よかったです』

それは私が初めて中学三年生の担任をし、卒業生を出した時のことです。若さもあって毎日午前二時ころ退校し、朝七時に学校にいるという生活を送っていました。苦労した分、感動も大きな卒業式を修了し、教室で最後の学級活動をしていたときです。

クラスの代表が花束や記念品とともに生徒全員の手紙を渡してくれました。私のクラスにはやんちゃな子も勿論いましたが、中に頭の手術をして、ひらがなもろくに書けない男の子がいました。彼は進学することができず、小さな町工場に就職が決まっていました。その彼の、ひときわ小さな便せんが、手紙の束の一番上にちょこんと置かれていたのです。私はたどたどしいひらがなで、「ふかつせんせいへ」と書かれたその封筒を開きました…、そして、泣いたのです。声も出せず、ただただ泣いたのです。そこにはたった二行だけ、それもがたがた震えるひらがなでこう書いてありました。

「ぼくには、もうせんせいとよべるひとがいません。せんせいにあえて、よかったです」

泣くしかなかった私の心には、確かに卒業の悲しさや彼のいじらしさがありました。でも、そのどこかに彼への申し訳なさや自分自身への怒りがあったのです。泣きながら心の中でくり返していた言葉を今でも鮮明に覚えています。

（彼の人生の最後の先生と呼んでもらえるほどの価値が、俺にあるのだろうか。そんな価値はなくても、せめて俺は彼のために一生懸命やってきただろうか。絶対にこれ以上できなかったと言えるほど卒業学年の担任を全力でやってきただろうか！）と。（もっとできたんじゃないか。もっともっとやることがあったんじゃないか！）そう思ったら申し訳なさでいっぱいでした。そして、こんなにも重く素晴らしい言葉をもらえる職業が教師なんだと思い知らされました。

あれから二十数年、この言葉に応えられるほど頑張れたと思う年など一度もありません。だれかに「人生の最後の先生」と言ってもらえるほどのことなどできるわけがありません。でも、許してもらえるくらいの頑張りなら、せめてできるんじゃないかと思いながら、何度も卒業生を送り出してきました。

だから、思うのです。経験や技術などなくても、「最後の先生」と呼ばれるために、全力でもがき苦しむ覚悟がある者だけが、卒業生を担任するべきなんだろうと。そうでなければ子どもたちに失礼だと心から思うからです。

たった一言『いつものでよろしかったですか？』

私の週に一度の楽しみは、パートが休みの日に、近所のカフェで読書する事でした。
仕事が清掃業なので、いつも作業着に身を包んで汗だくになって働いていたため、休みの日にきちんとおしゃれをして、カフェに行く事がとても気分転換になり、私にとって大切な時間でした。

ところがある日、いつものようにカフェに行くと、あるお母さんが携帯電話に夢中になっていてお子さんに目を配っておらず、元気なお子さんは店内を駆け回り、土足で空いている椅子の上を飛び回っていました。

お店の方も他のお客様も困った表情。私もハラハラドキドキしていましたが、自分の席の隣りに男の子がやって来た時、思い切って男の子に、

「僕、お店の中では静かにしようね。どうしてだかわかるかな～？」

と、お店の中での約束事みたいなものを自分の子供に教えるように話しました。

するとそれに気付いたお母さんが、

「ちょっと、うちの子に余計な事言わないで下さい、おせっかいね！」

と言って子供の手を引き、席に着くとまたメールを始めながら、私の方を何度も振り返りました。その様子を見ていた他のお客様も何やらひそひそ話をし、私

の方を見ていたので、私は何だかいづらくなってお店を出てしまいました。

そして、自転車をこぎながら、「おせっかいね！」と言われた事が悲しくて、それまでもよく人から、「他の人の事は放っておけばいい、関わらない方がいい」と言われた事があったので、何だか自分が余計な事ばかりする人間のように思えて涙があふれてきました。

そんなことがあったので、またカフェであのお母さんと会ってしまったら、と考えると行く事が逆にストレスになり、休日は自宅で読書するようになりました。

そして、三ヶ月後。私の気持ちも落ち着き、久しぶりにカフェに行ってみたくなりちょっと勇気が必要でしたがカフェのドアを開けました。注文カウンターに行くとお店の方が私を見て、「あっ」と小さく言い、そして、

「こんにちは。いつものでよろしかったですか？」

と笑顔で迎えてくれました。私は返事をし、ちょっと戸惑っていると、

「どうぞ。お砂糖はひとつ、ミルクはふたつでしたよね」

と、いつも私が注文していたコーヒーとチョコレートマフィンがトレーの上に。しかもお砂糖とミルクの数まであっていました。私は驚いて彼女の顔を見ると、あの時、店内にいた店員さんでした。

彼女は私に深々とお辞儀をし、

「ごゆっくりどうぞ」と。

彼女の笑顔に私はたちまち元気になり、そしてなんだかとっても嬉しくなりました。(もしかしてあの時の事を感謝してくれていたのかもしれない、私の事を待っていてくれたのかもしれない)と、ちょっと自分の都合のいいように想像しながら、そしてちっぽけな事でくよくよしていた自分が何だかおかしくもなり、一人にこにこしながらコーヒーに溶けていくミルクを眺めていました。

その日のコーヒーはとっても美味しかったです。店員さん、ありがとう。

たった一言『さっき注意してくれて』

モゾ（ショッピングセンターの名称）に行く途中の電車内のことでした。優先席の近くで若い男女が立っていました。そのうちの男の人がケータイをさわっていました。すると、近くにいたお年寄りの男性が少し怒り口調で注意しました。

若い男性は少し怒った感じで、「ムッ」とした表情を浮かべていましたが、そこが優先席の近くであると気付き、ケータイの電源を切ったようでした。でもお年寄りの男性が少し怒り口調だったので、車内に変な緊張が生まれました。

しばらくしても誰もしゃべろうとせず、いやな雰囲気の中、二駅くらい過ぎ、若い男女が電車から降りようとした時、先ほど怒り口調で注意したお年寄りの前を通りました。

すると若い男性の方が、お年寄りに対して口を開いたのでケンカするのかと周

りのみんなが思った瞬間、若い男性が発した言葉は、

「さっきはありがとうございました」

でした。お年寄りの男性が、「えっ?」と驚いたように聞き返すと、

「さっき注意してくれて」

と少し感謝したように軽く頭を下げていました。その一言で電車内の雰囲気は一変しました。僕自身も心が洗われるようでした。あの状況の中で、注意されたことに対して反省し、素直な気持ちで感謝できる心に、とても感動しました。

素直な気持ちになるのがこんなにも大切なことなのかと、改めて思いました。あの男性のおかげで自分に素直になれたと思います。

たった一言

『いじめていなくてもいじめている』

私の心に残っている一言は、小学六年生の時の担任の先生が言っていた言葉。その頃私が小学校六年生の時、一人の女の子がクラスでいじめられていました。その頃の私は正直、その子が好きでもなかったし、その子にも仲の良い子がいたのであまり関わる事がありませんでした。まだ、いじめられている事にも気づきませんでした。

夏休み明けの日、ある男子が、「こんな奴に配られた給食は嫌だ」と言いだしました。その配った女の子へのいじめはこの頃からでした。運動会の日に女の子が先生に男子からいじめられている事を話しました。次の日、クラス全員に先生から話がありました。先生は泣きながら、いじめていた人達に話していました。

その時、先生が「いじめていた事を知っていた人はいますか？」と言いました。

そう聞かれてほとんどの人が手を挙げました。私も手を挙げました。

その時先生は、

「いじめていなくても、知っていたのならあなた達もいじめた人です」

と言われました。この言葉は全員の心に響いたと思います。私の心には、すごく響きました。

いじめられていた女の子は、仲の良い友達にもうら切られていたそうです。そんなつらい事、私だったらたえられないと思いました。助けてあげればよかった。注意しておけばよかった。そんなことばかり思いうかんできました。その日、みんなで女の子にあやまりました。次の日から女の子は笑顔で学校に来ることができました。それでも、きっと心にきずは残っていると思います。なので私は、先生の言葉をわすれずに、いじめがあったら、見過ごさずに助けてあげたいです。

たった一言 『おかえりなさい』

私の大切な母に言われた、今でも忘れられない言葉です。私は二十二歳頃、あまり家に帰らない時期がありました。

私の父と母は、私が高校生の時に離婚しました。離婚の後、母はパートに出て、生活費は母が稼ぐようになりました。私は高校を卒業して、アルバイトをしながら、正社員の道を探していましたが就職できず、母親と衝突する事が多く、だんだん家に帰る事が少なくなってきました。

アルバイトも辞め、ギャンブルで生活をして、三ヵ月間家に全く連絡も入れず、毎日カプセルホテルやネットカフェで生活していました。

お金が無くなると、母のいない時間に家に帰り、家のお金を盗り、またギャンブルに行き、ネットカフェで寝る、という生活をしていました。

そんな生活が半年過ぎ、また家にお金を盗りに行くと、お金と一緒に紙が置いてありました。その紙には、

「おかえりなさい」

と書いてありました。私はその書き置きで、自分の情けなさと、母の優しさに泣き続けました。その日、私は半年ぶりに母と顔を合わせ、謝りました。その日に食べた里芋の煮物の味と「おかえりなさい」の一言は、忘れられません。

たった一言

『よし、俺が育ててやる』

一年前の三月、父が亡くなった。入院して三日目だった。享年八十一歳。こういう言い方をするべきではないが、私と父との付き合いは、私が三歳くらいからだ。つまり私は養子だ。そのことを知ったのは、私が高校を卒業したときだった。

父にはいろいろと迷惑をかけたが、自分が家庭を持ってからは、義父だと意識したことはない。それなのに、臨終に立ち会ったときも、お通夜のときも私は涙を流さなかった。なぜか涙が出なかった。

告別式が始まる前のことだ。突然、母は私の養子縁組が決まったときのことを話し始めた。

「私があなたをお父さんに初めて会わせたとき、お父さんが、『こっちへおいで』と言ったのよ。あなたはすぐお父さんの側に行き、膝に座ったの。そうしたらお父さんが、『よし、俺が育ててやる』と言ってくれたのよ」

　私は母に噛み付いた。

「何でそんな大事なことを今まで言わなかったんだよ！」

　私は母を置き去りにして、駐車場の隅まで行った。うれしくて悲しくて涙が止まらなかった。あの父の言葉がなければ、今の自分はない。もう少し何かできたはずだと思うと、今度は悔し涙が流れ続けた。

たった一言『良かった…』

　震災後、私は誰とも連絡が取れなくなっていました。自分も被災県に在住していて、実家の方も津波被害に遭っており、友人や家族の安否も分からぬまま時間だけが過ぎていきます。そして、震災から数日が過ぎて、やっと電話が繋がりだしました。最初に連絡がついたのは親でした。
親「大丈夫か？」
私「大丈夫だよ」
親「良かった…」
そんな短い会話でお互いが心から心配していた事が伝わります。
次に連絡がついたのが親友です。
親友「大丈夫？」
私「大丈夫、生きてるよ」
親友「良かった…」
涙まじりの声でした。その親友の姉は東京で暮らしていて、なかなか連絡がつかないというので、私も連絡してみるねと電話を切りました。そして、親友より先に私がお姉ちゃんと連絡がついたようで、
姉「皆、大丈夫？」
私「大丈夫、生きてるよ。おばちゃんは家を流されちゃったけど、何とか津波か

ら逃げて、今はお姉ちゃんの実家にいるよ」

姉「良かった…」

お姉ちゃんも涙声。

誰に電話をしても、「良かった…」という涙声の安堵の一言。おそらく震災以降、はじめて連絡が取れた人たちは、「良かった…」という言葉を何度も言ったと思います。

震災後の日本にあった「良かった…」という言葉は、生かされた人々の中で、涙と共に温かく心にしみた言葉だったのではなかったでしょうか。

たった一言『ミミズははたち』

三月十一日の午後だった。都心の地下街で買い物をしていた時、突然足元がぐらぐらと揺れ、ガシャーン、ガタガタと激しい破壊音が響き、同時に電燈が消えて、薄暗闇の中に、「助けてー！」という女性の悲鳴があちこちから起こって、あたりはパニック状態になった。

立っていられなくて、床に這いつくばってあたりを見回すと、緑の【出口マーク】だけがはっきりと見えた。（早く地上へ出なければ、生き埋めになるかも…）と思い、揺れる床の上を必死で走って、出口の階段の下まで来た。

が、もうそこは人人人の波で、押すな押すなの状況だった。

その時、私のすぐ前のあたりで、高齢の女性が倒れた。

「あぶない！」

私は叫んだが、人の壁でどうにもならない。女性は、「助けて！」と懸命に叫んでいたが、あたりの騒音に飲まれて、誰の耳にも聞こえないようで、数人の男たちが彼女を踏みつけて階段を駆け上るのがかすかに見えて、彼女の「ぎゃー！」という泣き声も聞こえた。

「おりゃーーー！」

というライオンのような凄い声が響いて、だれもが一瞬ギクッと動きを止めた。その瞬間、まるで風のような速さで、一人の男がその女性のそばへ飛びついたかと思うと、両手で軽く彼女を持ち上げ、そのまま、

「わあーーー！」

と叫びながら階段を駆け上がって、一気に地上へ出てしまった。私もそのあとについて、一気に外へ出た。見ると、アフリカ系と思われる色の黒いがっしりとした青年が、ゆっくりと女性を地面に下ろして立たせているところだった。

女性はまだ涙を流して泣いていたが、青年に背中を撫でてもらうと、安心したように白髪頭を上げて青年の顔を見て、

「あ、ありがとう！　ありがとう！」

と大きな声で言って、両手を合わせて彼を拝んで、とっさにお礼のつもりか、手に持っていた買い物袋を彼の方へ差し出して、もう一度、

「ほんとうにありがとう！」と叫んだ。

しかし、青年はそれを受取ろうともせず、ニコッと笑って、

「ありがとうなら、ミミズははたちですね？」

と女性の肩をポンと叩いて早足で立ち去ろうとしたのだった。まわりにいた人たちは、私もそうだが、一秒ほどポカンとして、すぐに笑顔になった。

「ありがとう！」

「ミミズ・はたち！」

みんなが青年の背中へ口々に叫んだ。私も叫んだ。

「おーい、蟻が十なら、ミミズは二十だってよ！　あはははは」

と大笑いしている人もいた。青年は笑顔で手を振って、消えて行った。

地面はまだ揺れていて、恐怖と不安で青い顔をした人ばかりだったが、その出

口の一角だけは笑いに包まれていて、先ほど泣いていた女性も口元を押さえてうれしそうに笑っていた。

たった一言『そりゃ俺のためだろう』

震災で家も仕事も親友さえも無くした。それからは何をやっても全てがうまくいかず、やる気をなくし心底落ち込んでいた私が、

「あたしが存在してる意味がわからない」

とつぶやいた時に、彼氏（現在は夫）が真っすぐ私を見ながら言ってくれました。

「そりゃ俺のためだろう」

普段は照れ屋で、気まぐれで、天邪鬼で、ガキみたいで、そんなことなど言わない彼だから、突然のその言葉に思わず大泣きしてしまいました（笑）その一言で凍りついていた私の心が一瞬にして溶けたのを感じました。

たった一言

『お勤めお疲れ様でした』

とある日の、会社帰りの電車。午後九時過ぎだったでしょうか。座席は満席、満員電車まではいかないまでも、混雑している車両でした。今夏、連日の猛暑の中で働くサラリーマンがほとんどで、乗客はみなつかれきった表情でした。

そんな中での車内アナウンスで、車掌がひとこと…、

「まもなく○○駅です。本日もお勤め大変お疲れさまでした。駅からご自宅までもどうかお気をつけてお帰りください」

乗客の多数が笑顔になりました。そのひとことで、明日からのやる気になった人、寄り道しないで家族のもとへ帰ったお父さんもいると思います。

ストレスだらけの仕事、通勤が気持ちのいい瞬間になったひとことでした。

たった一言

『白よりも黒よりもグレーが良いときだってあるんだよ』

一〇年前、職場の上司に夫婦間の相談にのってもらった時に言われた一言です。

「白よりも黒よりもグレーが良いときだってあるんだよ。夫婦は特にそう。白黒つけないグレーという関係、期間というのも大切なのよ。うまく見えないものがあってもいいいんだよ。そうやってみんな結婚生活を続けているんだよ」

この一言で離婚を思いとどまり、現在は結婚二一年目を迎えています。この一言がなかったら、今はどんな人生を歩んでいたでしょう。一言の重みを実感しています。

たった一言

『死ぬ気で売ってやるから』

私は美大を卒業して、デザイナーとして今の会社に就職したハズだった。しかし、現実はそう甘くは無く、「まず営業で五年」、人事の発言に酷く落胆した。クリエイティブな仕事がしたくて、ずっとずっと憧れていた職業に就けたと思ったのに…。

営業として働きだして半年が経った頃、私はもう限界だった。大学の同期は、少しづつデザインに携わる仕事をし始めていて、会う度に充実していく同期の顔が羨ましかったし、妬ましかった…。会うのが億劫になっていき、仕事の話になると、理由をつけて帰るようになった。

これ以上惨めな自分を晒したくなかった…。仕事のことを考えると落ち込む…。

毎日スーツでヘトヘトになるまで営業し、オフィスに帰れば事務作業。残業が続き、終電が当たり前になっていた。

「忍耐力を鍛えるため」「いつかこの経験が活きる時が来る」そう自分に言い聞かせ頑張ってはいたが、精神的にも肉体的にも、本当に限界だと感じた。

そんな時、上司と先輩数名に飲みに行こうと誘われた。正直、部署の飲み会は行きたくなかった。お酒を注いで、話を聞いて、気を遣うだけの飲み会は仕事並みに疲れる。

「どうした暗い顔して。楽しく無いんか？」

「…ツラいです」

急な質問につい、本音が出た。すると上司や先輩は大笑いした。

「新人らしい発言だな」

「その時期は誰でもしんどいんだよ」

辛さの意図が伝わっておらず、それ以上は何も言う気にならなかった。

自分の辛さは、求め続けた仕事と違うことをこの先五年も続けていかなければいけないということ…。

すると、上司が言った。

「お前は何もわかってない。目の前のことしか見えてないよ」

（……。）

「クリエイターになりたいのは知っている。だから、辛いのもみんな知ってるよ」

（…知ってるならもっとそれなりの……）

「でもな、お前は今ラッキーなんやぞ。営業部署の人間と関わりが持てて、めちゃくちゃラッキーなんや。お前の目標はなんだ？　デザイナーになったらそれで終わりか？　違うやろ。ヒット商品を生み出して、一流のデザイナーになりたいんと違うか？」

「…はい」

「お前が営業を経験してクリエイターになったら、売る側のことを何も考えてないクリエイターの奴らより、絶対いいモノ作ってくれるやろ」

「そしたら、俺らはお前の作ったモノを、死ぬ気で売ってやるから！」

なんだか、めちゃくちゃ嬉しくて、涙が溢れた…

「当たり前やろ。何も知らんクリエイターより、俺らが可愛がったお前の作るモノを、いくらでも頭下げて売ってきてやるよ！　全力で売ってきてやるよ！」

上司や先輩が声を大にして、口々にそう叫んでくれた。すごく嬉しくて、心が熱くなって、涙が止まらなかった…。

やりたいことが出来ない分、やっぱりまだまだ辛いとは思うけど、もう一回頑張り直そうと、強く思った。

たった一言『ケンカは友だちのしょうこ』

今日は、友だちとケンカをしてしまった。とてもかなしかった。休み時間になっても、ただ教室でぼーっとしているだけだった。次の休み時間も一人でいすにすわっていた。もうなきたい気分だった。

じゅぎょう中もべんきょうする気分じゃなかった。だから、言われたことをノートに書きこむだけだ。きゅうしょくもまあまあおいしかった。こんだての紙にかいてある【わたしは何でしょうクイズ】も当たった。だけれど、いい気もちにはなれなかった。そうじのときも、わたしがすすんでほうきをやろうとしたけど人数が多すぎて、けっきょくせいとんをやった。れんらくを書く時間に友だちのせきにごめんねを言いにいこうとしたけど、せきにすわりなさいと先生におこられた。

そして、とうとう帰りの時間になってしまった。わたしがとぼとぼ一人で帰っているとうしろからケンカした友だちがはしってきて、

「ケンカは友だちのしょうこ」

と言ってハートがたのおりがみをくれた。わたしはとてもうれしかった。

「ごめんね」

と、ふたりでどうじに言って、手をつないでかえりました。

たった一言　『元気出せよ～』

私の通学路では、何年か前から大規模な工事をしています。学校へ行くときには必ず通る道ですが、私はそこを通るのがあまり好きではありませんでした。いつも機械類の音がうるさいし、人がたくさん行き来していて狭いからです。また工事現場の人たちはみんな大柄でとても怖い印象がありました。それでいつもその道を通るときはうつむいて早足で歩いていました。

一年くらい前だったと思います。私はふと何かのきっかけで工事現場の交通整理の人に会釈したことがありました。すると、その人はにこやかに笑って、「ありがとう」と返してくれました。

その笑顔と明るい声で、私も思わず微笑んでしまいました。

それから私は毎日、行きと帰りに必ず道で会う工事現場の人たちに会釈をするようになりました。最初は返してくれない人も多かったけれど、日が経つにつれて色々な言葉が返ってくるようになりました。

「おはよう」「いってらっしゃい」「さようなら」「気をつけてね」

いつしかほとんどの人が言葉を返してくれるようになり、私もまるで友だちにするように挨拶をするようになっていきました。


そんなある日の朝、落ち込んで下を向いて歩いていたことがありました。友だちに少しきついことを言われたので、学校に行くのが憂うつでした。すると、ある工事現場の方が、

「元気出せよ～」

と声をかけてくれました。私はびっくりして顔を上げましたが、その人はごく当然のことをしたような表情でした。あの人にとっては何でもない一言だったのかもしれません。でも、私にとってはとても元気づけられる一言でした。

たった一言　『それならアンタがしっかり守っていくんだよ！』

一九歳の頃から持病を抱えている私。状態は落ち着いていて普通に生活はできるものの、将来結婚する際は相手にも、相手の家族にも話さなければいけない事だな、と、ずっと重い気持ちでいました。

そんな私にも、お付き合いする人ができたのですが、彼は長男。ご両親は私の事を知ったらどんな顔をするのだろう・・・と、気が気ではありませんでした。

しかし、彼が私には持病がある事を両親に話した時、彼のお母さんが彼にこう言ってくださったのです。

「それならアンタがしっかり守っていくんだよ！」

反対されるかもしれない、と思っていた私。逆に応援してくれるようなこの言葉に、「この人の所にならお嫁いでいける」と強く思ったのです。

今はその彼と結婚して三年。変わらず優しい義母とも仲良く、元気に日々を過ごしています。迷わず受け入れてくれた彼とお義母さんには本当に感謝しています。

たった一言『妻に感謝の言葉を・・・』

ある日、隣の家で外壁の塗装工事が始まった。職人さんは珍しく一人。始めは挨拶をする程度であったが、軽い雑談をするようになった。年齢は五〇代だが、昔ながらの職人さんという感じで、時間がかかっても納得の行く仕事がしたい、そのため昔からのお客さんに頼まれた仕事だけしているので、生活はかなり厳しいなどの話をしていた。今時珍しい職人さんもいるなと思ったが、人当たりの良い素朴な人で私も家族も好感を持てた。

ある日買い物から帰って来ると、丁度昼時であったため、職人さんは階段に腰を下ろして休んでいた。

声をかけようとしたら、おもむろに手を合わせたかと思うと目を閉じてて何か呟いている。不思議に思った私は、

「どうされたんですか？」

と声をかけてみた。すると、

「いやあ、妻に感謝の言葉を・・・ね」

と、ハニカミながら言ったその膝の上にはお弁当が乗っていた。

奥様は毎日、ご主人がこうして手を合わせてお弁当を食べていることは知らないだろう。でも、きっと心の中で感じているかもしれない。生活を犠牲にしてまで職人を貫くご主人とそれを支える奥様。離れていてもきっと心は通じ合っているのだろう。素敵なご夫婦だと感じ、私達夫婦も見習いたいと思った。

たった一言

『焼き方はウエルカムでお願いします』

何十回目かの結婚記念日に、奮発して二人で高級レストランに行きました。高級な雰囲気にまるで慣れていないわたしたちは、席に座る前から緊張気味。なんとかメニューもオーダーできてホッとしたところへ、外国人のシェフがやってきて、

「ステーキの焼き方のお好みは、いかがいたしましょうか？」

かろうじて〝レア〟とか、〝ミディアム〟とか、〝ウエルダン〟は知っていた妻は緊張のあまり、

「焼き方はウエルカムでお願いします」

と言ってしまいました。シェフは妻ににっこりと微笑みながら、

「わたしの方こそ、ウエルカムです。承知いたしました」と言ってくれました。

わたしはとても温かい気持ちになり、妻には言い間違いは伝えませんでした。

たった一言『命って強いです！』

六〇歳で定年に、その半年後に癌になり、五年間で直腸がん・肝臓がん・右肺がん・左肺がん・右肺がんと、四回五か所の大手術を受けた。検査と抗癌剤の苦痛の日々が続く中で、日に日に弱気になっていった。

そんな闘病生活の過程でだんだん弱気になっていく自分に、ナースさんが毎日のように、「命って強気ですよ！　命って強いですよ！」と勇気づけてくれた貴重な一言です。

この一言に勇気づけられ、日夜、癌病と真正面から対峙することが出来た。そのお蔭で、「余命僅か！」…と言われた癌病も克服することが出来て、現在は七八歳。

毎日、後期高齢の人生を楽しんでいる。

たった一言

『おかえり』

一学期、社会科見学で知覧にある特攻平和会館に行きました。そこでは、戦争の怖さ、平和の尊さを学びました。

社会科見学が終わって家に帰ったら、お母さんが「おかえり」と言いました。その言葉がその時だけはすごい言葉に聞こえました。戦争で家族などが死んでしまってもう「おかえり」という言葉を聞けない人がいるのに、ぼくは「おかえり」という言葉を聞いて幸せだなと思いました。

第三章

座れって。何で？
何でってって、年寄りだからだよ

たった一言

『座れって。何で？ 何でって、年寄りだからだよ』

ある病院行きのバス、多少混んできた車内は、それでもしばらく全員座れる程度の混み具合だった。次のバス停に止まった時、たまたま最後に乗り込んできたお年寄りが立っていたので、近くに座っていた中年の女性が、

「どうぞ」

とすぐに席を譲った。そんなやりとりが静まった車内で聞こえた途端、高校生くらいだろうか、金髪の少年が随分離れた席から立ち上がり、立っている女性の所まで行き、

「あっち空いてる」

とボソッと呟いた。少年とその女性は親子だったようで、女性の方はいいわよと何度も断る。少年は面倒そうに、

「いいから座れって」

と返す。そこで女性は笑いながら、

「何で？　大丈夫なのに、座ってなさいよ」

と返した。少年は少し考えてから、

「何でって……そっちの方が年寄りだからだよ」

とぶっきらぼうに返した。そんなやり取りを見聞きしていた近くの数人は小さな笑い声をもらし、車内の多数の大人たちが微笑んでいた。

文字にすると一見乱暴そうな言葉だけど、「何で?」なんて聞かれたら誰だって困ってしまうだろう。不貞腐れた様な顔と声音は、誰が見ていても照れ隠しだと分かる。その場にいなければ伝わらないかもしれない彼の優しさ、病院行きのバスの重い空気が、一転和やかな空気と笑顔に溢れた。

彼は、その後席が空いても一度も座ることなく、終点の病院で一番最後に降りた。近頃の若いもんはなんて一括りにできない、秋空の様な爽やかさがそこにあった。

たった一言

『スペシャルな子だね』

五体満足、健康に産まれてきてくれれば。そんな思いの中での流産。その後、待望の赤ちゃんを授かりました。生きて産まれてきてくれるだけでいい、そう願いながら分娩台へ。産まれましたよ、の声に目を向けると、ずっと会いたかった赤ちゃんがいました。ああ生きてる、と思ったのと同時に、何か違和感があったのです。

ほんの一瞬見えた赤ちゃんの右膝から、脚が反対に曲がっていました。足の裏が赤ちゃんの顔に近いんです。

「脱臼だと思います。レントゲンを撮って、整形外科の先生に診てもらいますね」

病室のベッドで休んでいると、整形外科の先生が説明に来ました。

「原因不明です」

あれ？　助産師さんは脱臼って言ってたのに。

「右脚は正しい方向に曲げて、ギプスで固定しました。筋肉や腱が足りなかったり無かったりと原因は色々と考えられますが、成長してみないと分かりません。歩けるのかどうかも、成長してみないと分かりません」

この子、走れないの？　歩けないの？　生きて産まれてきてくれるだけでいい、そう思っていたはずなのに。

妊娠中の行動がいけなかったのか。私がいけなかったんだ。ごめんなさい。何事も無く産んであげられなくてごめんなさい。旦那さんごめんなさい。ごめんなさい赤ちゃん、ごめんなさい。拭っても拭っても溢れる涙。声を押し殺して泣きました。そんな時、母が面会にやってきて、私は先生に受けた事を話しました。

「スペシャルな子だね」

母は、そう言ってくれたのです。そのたった一言で、気持ちがすーっと落ち着いてきて、やっと出産した喜びを感じることができました。そしてこの子に何をしてあげれるのかと、考えれるように。不安はあるけれど、前向きに育児が始められました。

そして、産後の入院生活が終わり、一週間ごとの通院をしながら実家で育児をしました。ギプスを濡らせないため、毎回二人がかりの沐浴。里帰り最終日前日には、主人の実家がある東北の地震。翌日予定通りアパートに帰るも、余震や計画停電や物資の不足。そして通院。

沢山のことを経験しながら育った娘はもうすぐ三歳。たくさんの人に愛情をもらい笑顔をふりまき、毎日飛んだり跳ねたり、元気いっぱいに育っています。

お母さん、ありがとう。

たった一言 『君が戻ってくると信じている』

一〇年以上前、入社二年目の春、私は病気で入院することになった。当時、私の所属する部署は、上司と同僚と私の三人だけ。人数の割に仕事量が多く、いつも三人で夜遅くまで仕事をする。そんな状態が続く中での入院となってしまった。

当初は一か月ぐらいで職場復帰できると思っていた。ところが、大病であることが判明し、退院がいつできるのかわからなくなってしまった。上司と同僚は何度かお見舞いに来てくれたが、疲労困憊であることが誰から見ても明らか。申し訳ない気持ちでいっぱいだった。

会社の都合上、部署の人数は三人が限度。

私が退職すると会社に言えば、私の代わりに誰かが入り、彼らの個々の仕事量も軽減されるはず・・・。入社して間もない自分よりも、他の人の方が役に立つに違いない・・・。そう考えていた私は、見舞いに来てくれた彼らに言った。

「私、会社辞めようと思います。いつ治るかわからないし」

それを聞いた二人からの返事は、私にとっては意外なものであった。

「君が戻ってくると信じているから、僕らはどんなことも頑張れるんだ。冗談でも辞めるなんて言わないでくれ」と。

私は普段、人前で泣くことはほとんどないのだが、このときは涙が止まらなかった。

「絶対に治してそちらに戻るので、それまで待っていてもらえますか？」

「もちろん！」

二人はそう答えてくれた。

『絶対に職場に復帰する』この思いだけで、苦しい闘病生活を耐え抜いた。あの出来事がなければ、きっと私は病気を乗り越えることができなかったと思う。

結局、職場復帰まで一年近くもかかってしまった。

復帰初日、

「ただいま戻りました。今日からまたよろしくお願いします」

「おかえりなさい。こちらこそよろしくお願いします」

今度は三人で泣いた。

『君を信じている』こう思われることが、どれだけ私の支えになっただろうか。人を信頼し、信じることは容易なことではないが、自分もそう思える人間になりたい。私がその人を信じることで、その人が救われれば嬉しい。

たった一言『俺の刺身を食べてください』

現在五十五歳で教員として三十四年目を迎えています。生徒から数々の一言を言われてきましたが、生涯忘れることができない言葉が、この「先生、俺の刺身を食べてください」という言葉です。

この言葉は、かつて担任をしていた生徒が、卒業後に自宅へ来て、言った言葉です。二十七年も前に耳にした言葉です。

この生徒はいろいろな事情があって、中学校卒業後、ある居酒屋さんに勤めることになりました。中学校時代はけっこう手間をかけることがあり、激しく叱ったこともありましたが、私を慕ってくれていました。私は独身だったこともあり、我が家に泊めたことも数日ではありません。このような彼が自ら居酒屋に勤めることを決めて、四月から働き始めたのです。正直なところ、どこまで続けることができるのかと思っていました。

その年の十二月二十八日夕刻です。外は真っ暗です。チャイムが鳴りました。出てみると、卒業後初めて顔をみせた彼でした。

「ひさしぶりだなあ」

と言葉をかけようとする前に、

「先生、包丁持ってきたから、台所貸して」

といきなり言うのです。驚いていると、

「先生、大将からようやくお造りをやらせてもらえるようになったんだ。だから、世話になった先生にぜひ俺が包丁をいれた刺身を食べてもらいたいと思って、ほら、包丁と魚とニンジンを持ってきたんだ。台所を貸してくれよ」

このように言うのです。私は何と言葉をかけたかはまったく覚えていません。思いもよらぬ年の暮れになりました。

彼に家にあがってもらって、流しで魚をさばいている彼の背中を見ながら、止まらない涙をなんとしても刺身が出てくるまでに止めなければと必死になっていたことを思い出します。つくづく教師になってよかったと思えた出来事でした。

その後、教師を続けることに苦しいと感じたことは多々ありますが、このときの言葉「俺の刺身を食べてください」という言葉が支えてくれています。

たった一言『あしたも良いお天気になるといいですね』

春の交通安全運動が始まったというのにまだ肌寒いある朝、新入学児童を見守るため、黄色い旗をもって交差点に立っていた。すると横断歩道の向こうから、体の割に大きなランドセルをゆっさゆっさと揺らしながらピカピカの一年生が駆けてきた。私の所に来ると元気に「おはようございます！」（おっ、先生に教えられたとおり基本の挨拶ができてるねぇ～）私も「はい、おはよう」と返した。

まあ、ここまではよくある話だが、次に予期せぬ言葉が・・・たどたどしい口調ながら、

「きょうは朝から良いお天気になりましたねぇ〜」

（えっ、それってよくおばあちゃんが道すがら交わす定番挨拶じゃないの？）私は一年生の口からこんな言葉が発せられたことに少々驚き躊躇しながら、

「ああっ、そうね、いい天気になったね」

と返した。すると、二〜三歩先を行った一年生が振り返りざまに、

「あしたも良いお天気になるといいですね」

ときた。こうなると、社交辞令なんて苦手の不器用おじさんは何と返して良いのか狼狽するばかり。「あっ、え〜」としか声が出なかった。う〜ん、あっぱれ一年生。あんな小さな子供のひと言で心の中には青空が拡がり、ぽかぽかとした暖かさに包まれるのを感じた。

学校に向かって足早に進む一年生クンの背中が小さくなり、ふと我に返ると、少々冷たい春の風が火照った顔を心地よく撫でた。

たった一言

『これであったまり』

十年以上も昔のことです。当時二〇歳だった私は、関西のとある会社でバスガイドの仕事をしていました。入社三年目で大仕事を任され、初めて訪れた岐阜県高山市での出来事です。三月とはいえ、まだまだ寒さの厳しい口でした。

観光地を訪れたあと、お客様をホテルにお送りする途中のことです。突然バスが故障し立ち往生してしまったのです。まったく動かなくなってしまったバスは、見通しの悪い細い道を完全に塞ぎ、近隣の方の交通を妨げてしまいました。そこで私は運転士さんと相談し、数百メートル離れた分岐点に立って、往来の車に迂回していただくようお願いすることにしました。

通りかかる車を一台一台止めて、事情をお話し、別の道にまわってもらう・・・。どなたも快く話を聞いてくださるのですが、知らない土地で思いがけないトラブルに見舞われた私は不安でいっぱいでした。

そんな時です。何度かその分岐点を行き来されていた郵便局の配達員の男性が、突然バイクを停めて近寄ってこられました。そして、

「大変やな。これであったまり」

そう言って、温かい缶コーヒーを差し出してこられたのです。たいした防寒もせず立っていた私を見かねてのことだったのでしょう。突然のことでおどおどしてしまった私の手に缶コーヒーを握らせて、すぐに立ち去っていかれたのですが、その缶コーヒーを握りしめると、まるで心に火が灯ったようで、手のひらだけでなく心の奥までじんわりと温まりました。

その後も、別の車の方にも同じように親切にしていただき、不安だらけだった心はいつしか温かいものでいっぱいになっていました。どこのどなたか今ではもうわかりませんが、温かい心で親切にしてくださった高山の町の方のことを、私は一生忘れないと思います。この場を借りまして本当にありがとうございました。

たった一言

『生きている証拠ですよ』

帰宅ラッシュで混雑している電車内に恐らくホームレスであろう、ボロボロで汚れた服を着て、髪の毛も伸びたままのご老人が乗って来た。

お風呂に入る事もできないんだろうと思わざるをえない異臭に、車両にいた乗客はそのご老人から距離を置くため離れた。

しかし、スーツを着た若い一人の男性はその場から離れる素振りを見せない。

そんな彼にご老人が、

「汗臭いでしょう。申し訳ない…」と消え入りそうな声で言った。

若い男性はニッコリ笑って、「生きている証拠ですよ」

と一言。その言葉を聞いてご老人は涙を流した。この若い男性のような人になろうと思った瞬間だった。

たった一言

『お手伝いさせてもらえませんか?』

電車に乗ろうと駅の切符売り場での出来事。私の前に目の不自由なお年寄りがいて切符が買えずに困っているような感じだった。私は急いでいたこともあり、知らんぷりをして隣の券売機で切符を買ってその場を離れようとした時、後ろから、

「お手伝いさせてもらえませんか?」

と声がした。振り返って見ると中学生ぐらいの少年が、そのお年寄りに話しかけていた。私はびっくりしてしまった。ふつうなら、「お手伝いしましょうか?」と言うところに、「お手伝いさせてもらえませんか?」と少年からお願いしているのです。お年寄りはにこっと微笑んで、「ありがとう」と切符を買ってもらっていました。

確かにこの言い方なら遠慮して断られにくい言い方だ。知らんぷりをして通り

過ぎようとした自分が急に恥ずかしくなった。私より三〇歳くらい若い少年に親切心、そして物の言い方まで教わってしまった。この瞬間、今後困った人を見かけたら必ず声を掛けようと心に誓った。

「お手伝いさせてもらえませんか？」と。

たった一言『もっといいのが生えてくるよ』

二年前の二十七歳の夏、突然の胸の痛みで病院へ行くと、血液のガンだと宣告された。目の前が真っ暗になった。

すぐに抗がん剤の治療が始まり、先生から言われていた予定よりも早く髪が抜け始めた。伸ばしていた自慢のさらさらヘアーは、シャンプーをするごとにごっそり抜け、たった三日でほとんど抜けた。

鏡を見るとあまりの情けない姿に一人笑った。涙なんて一度も出なかった。治療が進むにつれて体力も精神も弱ってきた。

ある時、先生に向かって、

「髪も未来も、全部奪われるばかりじゃないですか！」

と弱音を吐いた。すると先生は少し悲しそうな顔をしながらも、

「もっといいのが生えてくるよ」

と言った。

「抗がん剤の治療の後に生える髪の毛は、真っ黒で柔らかく、つやつやしているんだよ。楽しみが増えたね」と。

病気になったせいで、健康も、仕事も、結婚も、奪われていく感覚だった。ところが先生は、病気になる事で新しいものが授かるのだと言った。

それから二年、私の頭には元よりも綺麗な髪の毛が生えた。今はくるんと巻いて、おしゃれを楽しんでいる。毎朝、鏡を見て髪をとかす時、あの時の先生の言葉を思い出している。

たった一言

『それでは・・・またどこかで』

私が若い頃の話である。当時付き合っていた彼と日帰りで紅葉を見に行った。展望台で絶景を楽しみながら二人ではしゃいでいた。間もなく彼がトイレに行くためにレストハウスに向かった。

私が一人で紅葉を眺めていると、初老の紳士風の男性が近づいて来て、

「いいですな、若いカップルは…」

と穏やかに笑いながら声をかけて来た。少し前から視線を感じていたが、見られていた気恥ずかしさもあった。

「お一人ですか?」

と何気なく聞くと、彼は目の前の紅葉を眺めながら、

「ええ。毎年家内とここに紅葉を見に来ていたのですが、去年亡くなりました。それで、今年は一人です」

と遠い目をしながら語った。私は悪い事を聞いてしまったと思い、

「あっ、すみません…」

と謝った。するとその紳士は、

「謝る事なんてないですよ。あなた方のような若いカップルを見ていると、昔の自分達を思い出して楽しいですよ。こちらこそ初対面のあなたに申し訳ないことをしましたな」

と優しそうな笑顔で言った。

その時、紳士の肩越しに彼がレストハウスから戻って来るのが見えた。私の視線に気がついたのだろう、

「それでは・・・またどこかで」

と言った。

私と彼はいわば一期一会の出会いだ。またどこかで・・・という一言には何か違和感があったが、同時に温かい響きでもあった。

私も、

「はい」

と言ってその場を離れた。

大事な人を失って、彼は人との出会いや別れを大切に思っているのではないだろうか。もしかしたら、またどこかで会えるかもしれない…そう思うのも夢があって素敵な事だ。そして、その一言は私に発せられたと同時に、亡くなられた奥様にも伝えたかったのではないかと思う。

たった一言

『お父さん、こんにちは』

十八歳の時に父を亡くした私は、ずっと母親と弟と一緒の実家暮らしの三〇歳。付き合って六ヶ月の彼が、初めて実家に挨拶をしに来ました。母に挨拶をした後、父の写真が飾ってある仏壇の前に行った時に、彼が、

「お父さん、こんにちは」

と言ったのです。仏壇の前では、御線香に火を付けて、手を合わせて、頭を下げる。ほとんどの方がそうすると思うし、私もそうしてきました。でも、彼はまるでそこに父がいるかのように、笑顔で声をかけてくれたのです。予想外の行動に、私も母もおどろきました。

その後も、どんな父だったのかとか、性格や仕事とかいろいろ聞いてくれて、彼が母だけでなく、亡くなった父も大切にしようとしてくれているのが伝わって、

その彼の優しさが嬉しくて、涙が出そうになりました。

今はその彼と同棲をしていて、結婚します。お互いの家族と、和気あいあいと過ごしていけることを、とても幸せに思います。

たった一言『おちるよ』

中三の僕は受験生となり、頑張らなければならない時期になっていました。しかし、点数が思うように伸びず、嫌になってテレビを見ていた時に、姉にたった四文字、この言葉を言われました。

「おちるよ」

僕はこの言葉に対してとても驚き、それと同時にテレビを見ていた時間がとてももったいなくて、今の自分がどれほど時間の在り方を軽視していたのかに気づかされました。

以来、自分の目標をしっかり定め、点数や結果に左右されずに努力することを決めました。姉のこの言葉で、僕は自分の目標を再認識し、それに向けて行動することができました。

僕は、厳しいけれども自分を支えてくれるその言葉を忘れず、今後も頑張りたいと思います。

たった一言

『お母さん、しんどかったらボンカレーでええで』

当時、私は保育士をしながら二人の子どもを育てていた。子どもは二歳と四歳で、日中よその保育園に預けていた。平日はフルタイムで残業もしょっちゅう、土曜日も月二回は仕事で、持ち帰りの仕事も多く、毎日目が回るほど忙しかった。

旦那の帰りはいつも遅く、仕事で疲れた体にムチうって夕食準備、お風呂、寝かしつけ、片付け、明日の準備などを一人でしていた。

そんないっぱいいっぱいな状況でも、真面目でストイックな私は、職業柄、子育てについて妥協は許されなかった。「子どもにとって一番いいこととは」を常に考え、どんなに辛くても頑張った。

ある日、疲労で倒れてしまいそうな私を見て、長男の担任の保育士が見透かしたように言った。

「お母さん、しんどかったらボンカレーでええで」

なに？　レトルトを使えって？　食事にこだわりをもつ園の保育士がボンカレーだと？

しかし、あとからジワジワきいてきた。あの一言がなかったら、今の私はない。

あの日から、いつも自分で頑張りすぎているなぁと感じたら、「ボンカレー」とそっと心の中でつぶやくのが私のおまじないになった。

たった一言

『いってらっしゃい』

今まで言われたことがありませんでした。母と父はりこんしてしまい、おばあちゃんが代わりに来ていました。父は深夜から仕事があり、おばあちゃんも朝早く仕事があるので、弟と私の世話などあまりしてくれませんでした。

朝学校に行くときは、私と弟の「いってきます」その言葉だけが、ろう下にひびきました。地いきの人に言われるのもうれしいけれど、家族に一番言ってほしかった、いつも学校ではもやもやしていました。

家に帰ると家せいふさんがいます。あいさつは家に帰ってもできません。あいさつができるのは夜、おばあちゃんたちが帰ってくるころです。

でも、いってらっしゃいが言ってほしい、三、四年間がまんしてきました。

でも去年に新しいお母さんが来ました。よく遊んでくれた人なのでうれしかったです。でも言ってくれるのだろうか、いつも学校の日には心配していました。またいつものようにろう下に私と弟の声がひびきわたりました。今日は、いってらっしゃいと言ってくれるのだろうか。どきどきしていました。すると、「ちょっとまって。いってらっしゃいって言ってないでしょ」うれしかった、三、四年間も言ってもらえなかった言葉。そのたった一言で学校が楽しくなりました。

たった一言

『病気だろうが、癌だろうが、私を幸せにしろ！』

二九歳のある日、私は肺がんと告知されました。

健康しか取り柄のなかった自分がまさかの癌・・・そんな私を全面的に勇気付け支えてくれたのは、まぎれもなく妻でした。

妻は毎日病院へ来て身の回りのことをしてくれました。感謝と共に次第に申し訳なさ、情けない感情が生まれてきました。

抗がん剤も六クール行うなかで、癌だから人生もう長くないな・・・、病気な自分といても損な時間を過ごさせていると思い、別れる事を決意し、伝えた時、泣きながら彼女にこう言われました。

「病気だろうが、癌だろうが、私を幸せにしろ！　そんな弱気な貴方に惚れたつもりはない！」

これは五年経った今でも、鮮明に覚えています。彼女がいなければ今こうして生きていることはない、と断言できます。大切なことに気づかせてくれたのは彼女でした。

今は息子も生まれて、家族三人で幸せな家庭を築いています。

たった一言

『だってお父さんが笑っているから』

私が十八歳の五月十一日の朝。元気だったお父さんが倒れて、一時間後には医師から覚悟を決めろと言われました。お父さんは四九歳。お母さんは三九歳。くも膜下出血でした。手術もできず、それから二度と目を開けることもなく、一言も言葉を交わすこともなく十八日に旅立ちました。

勤めていた私は連絡を受け慌てて家に帰り、十九歳の大学生の姉と十四歳の中学生の弟と泣きました。

やっと家に帰って来れたお父さんを見て、お母さんがふっと笑いました。

「何でお父さんが死んだのに笑っているの？」

するとお母さんが一言。

「だってお父さんが笑っているから」

白い布をとると確かに笑顔のお父さん。病院にいる時は、悲しそうな顔してたのに・・・。

この家はお父さんが四〇歳で建てた家。二五年のローンを必死で働いて、たった一ヶ月前に完済したんだよね。お父さん、やっとこれで自分のものだって言ってたね。

毎日毎日、お父さんが大きな声で話して賑やかだった私の家。家族五人でお父さんの大きな声の下、囲った食卓。メソメソしてたらお父さんが一番悲しがる。だから私も泣かないって決めました。

お母さん。本当はあれから夜中にネコを相手に泣いていたの知ってるよ。でも、私たち子供の前では決して泣かなかったよね。明るくて前向きなこの性格は、お父さんとお母さん譲りです。私たちを育ててくれてありがとう。

息子たちにも、お父さんとお母さんの精神をついでもらうからね！

たった一言

『学校なんか行かなくてもいい、呼吸だけはしていなさい』

中学生の時　いじめの傷を苦に何度となく自殺を図った。家族の見守りのおかげで、いのちだけは損なわずに済んだ。今も、いじめや思春期の悩みを苦に自殺してしまう若者の、なんと多いことか。私はニュースなどでそれを耳にするたびに胸が痛み、エールをおくりたくなる。

「学校なんかいかなくてもいい、呼吸だけはしていなさい」

それは十年前の母の言葉。「学校に毎日通うことがどうしてもできない」苦しくて苦しくて、やっとの思いで打ち明けた時、母はこういって、私を力強く抱きしめてくれたのだった。それから母は自ら私の専属の先生となり、私に数学や英語を教えてくれたり、天気のいい日には山へ連れ出して広い空の下めいいっぱい遊ばせてくれた。一方で大好きな創作活動を続けるうち、私の心の闇はだんだん晴れていった。

社会人になった今も、辛いことがあって泣きそうな日も、ある。でも、どんなに辛いことがあっても、大事な人生、いつか必ず心の糧になる。

「それでいい。でも呼吸だけはしていよう。そして明日もまた、強く生きていくんだ」と思って立ち直るようにしている。

たった一言『いいなあ、かっこいい!』

「いいなあ、かっこいい!」

私はこの一言で、不安が一瞬で吹き飛んだ。それくらい嬉しかった。なぜなら、その時私は、皆から軽べつされるのではないかと恐怖でいっぱいだったからだ。

小学校六年生の時に私は、補聴器を着けることになった。補聴器を着けることをすすめられた時、私は嫌で嫌でたまらなかった。

「普通の子じゃなくなるんでしょ？」

と言って泣いて、家族を困らせたりもした。決心がつくのに三ヵ月もかかった。

そして、学校に初めて補聴器を持っていく日、私は暗い顔で家を出た。正直、とても怖かった。皆から軽べつされるのではないか、嫌われるのではないかと嫌な考えばかりが頭の中をかけめぐった。でも、皆の反応は私の考えとは全く違うものだった。当時、隣の席で仲が良かったK君が私の補聴器を見て、

「いいなあ、かっこいい！」

と言ってくれたのだ。きっとそれはK君にとっては何気ない言葉だったと思う。でも、そのお陰で皆も「それ、いいね！」と言ってくれた。

私は涙が出るほど嬉しかった。家に帰って、そのことを家族に話すと、皆驚いた顔をしたがとても嬉しそうだった。このことから私は、言葉の人切さや重みを学んだ。

自分にとっては何気ない一言でも、相手を嬉しい気持ちにさせたり、悲しい気持ちにさせるということを。そして、あの時のK君のように私も人を軽べつすることなく優しい言葉をかけてあげることができる人になりたい。

たった一言

『お母、かっこいい』

息子が小学生の時のエピソードです。

朝、息子達の集団登校の列に偶然出くわした私は、まずい所を見られたと思いました。息子と二人だけの生活で、事務仕事の傍ら生計を立てるために市場の水揚げの仕事もしていました。水揚げが終わり、カッパ姿のまま歩いていた所を息子達の集団登校が通り過ぎようとしていました。

「おはよう！」と声をかけた私の顔はたぶん真っ赤だったと思います。高学年で列の後ろを歩いていた息子とすれ違った瞬間、私にしか聞こえない声で、

「お母、かっこいい」って言ったんです。

その時、どんな苦労もこの子となら越えられると思いました。

たった一言　『いちばん逢いたい人』

夫が施設に入所しています。逢いにいき「わたしは誰ですか？」と問うといちばん逢いたい人といいました。在宅介護十四年を経て、まだまだ苦労が続いて、いつ私を忘れてしまうのか？　恐怖もあり、逢いにいくときは緊張します。でも、このことばが胸に響いて前を向き逢いにいけます。

爪を切り、しもの世話をし、当たり前にいきていてくれることに感謝です。人はなりたくて病になるわけではないし、世話をすることで介護人は学ばされているのです。

第四章

うちのお父さんが いつもお世話になっています

たった一言

『うちのお父さんがいつもお世話になっています』

私は、現在二七歳で夫と息子と三人で暮らしています。はたから見ればどこにでもいるような平凡な家族、親子です。しかし、私は二一歳のときに一度離婚を経験しており、今の夫と息子とは血がつながっていません。夫は血のつながりなどは全く気にしておらず、最初から実の子のように息子をかわいがってくれました。

けれどもやはり息子のほうは、すんなりとは彼を受け入れてくれませんでした。もともと無口だった息子は、彼と私が再婚してからますます無口になり、私たちと距離をおくようになりました。

私は反省と、どうすればいいのかわからないもやもやとで、毎日本当に苦しみました。何度も何度も息子や彼の寝顔を見ながら泣きました。

　ある休日、私たちは家族三人でイオンに出かけました。そこで、夫の会社の同僚の方に遭遇したのです。私は息子に、「きちんと挨拶しなさい」と声をかけました。

「・・・こんにちは」

　息子は一言こう言いました。無口で人見知りな息子。この挨拶が精いっぱいだと思っていたその時、

「・・・うちのお父さんがいつもお世話になっています」

　蚊の鳴くような声でした。でも、私は一字一句聞き逃しませんでした。息子が、夫のことを初めてお父さん、と呼んだのです！　しかも他人の前で、しかも冗談まじりに。会社の同僚の方は、面白くてしっかりした子だなあ！　と笑ってくださいました。夫も私も、涙が出るほど笑いました。

　あのときの息子の照れ笑いした顔を、私は一生忘れないと思います。もちろん、あの時涙が出るほど大笑いしていた夫の顔も。

たった一言

『見るべき人は、目の前にいるよ』

二年前に第一子を出産した時、とても嬉しかったのと同時に、両家の親が遠方にいたこともあり、気軽に育児の相談をできる人が周りにいず、不安を抱えていました。今思えば、生まれた子に神経質なほど育児書通りの成長を求め、育児書通りにならないと、インターネットを検索して対処法を探していました。ネットの膨大な情報に振り回されることも多く、疲れていました。

その日も、何をしても泣き止まない我が子を横に対処法をインターネットで検索していました。そんな時、いつの間にか帰宅した夫が私に、

「何してるの?」

と聞いてきました。私が、

「見てわからない? 何しても泣き止まないから、どうしたらいいか調べている

んだよ」

とぶっきらぼうに答えると夫は、

「インターネットにうちの子が泣き止まない原因は書いてないよ」

と返しました。そして、

「見るべき人は、目の前にいるよ」

と続けました。ハッとして子どもを見ると泣きじゃくりながら、「ママ、ママ」と呼んでいます。子どもは、神経質になっている私に抗議していたのかもしれません。ただ抱っこしてほしかっただけかもしれません。

それ以降も、育児は思い通りにならないことは多いですが、それでも以前より、子どもに向き合うことができるようになったと思います。

私の目を覚ましてくれた、あの時の夫の一言には感謝しています。

たった一言

『きょうだいなかよく』

わたしの、おばあちゃんは、ことしの五月に、あくせいリンパしゅというけつえきのガンでなくなってしまいました。百万人に三人しかならないしゅるいのびょうきでした。びょういんでさいごに話したときに、

「きょうだいなかよく」

と、いってくれました。

おばあちゃんが、ガンになりはじめたのは去年の六月でした。さいしょは、ねつをだしただけだから、ほっとしていました。けれど急にお母さんが、

「おばあちゃん、ガンになっちゃったんだって」と聞いて、

「うそだ、うそだ、ぜったいうそだ」

と言ってしまいました。あんなにけんこうなおばあちゃんがガンになるなんて、

ぜったいにうそだと思っていました。それでも、ほんとうでした。わたしたちが、かえるときは、かならず、

「気をつけてかえるんだよ」

といってくれて、びょうきになるまえも、

「気をつけてかえるんだよ」

と心配してくれます。いつだって、いっていてくれたのに、ちりょうがはげしくなってきて、おばあちゃんもくるしくなってきて、わすれもひどくなってきました。それなのに話をしてくれます。

そんなおばあちゃんが、だんだんわたしたちのことをわすれそうになってきました。びょういんにいって話をしたとき、おばあちゃんはいつもとちがう声になっていました。そして、むかしのことをおもいだして、おばあちゃんにはおにいさんがいたことがわかりました。

ある日、おばあちゃんとおにいさんがけんかをしてしまい、いまではちがうところにいるんだよとおしえてくれました。そして、

「きょうだいなかよく」

それが、さいごのことばでした。そして、ゴールデンウイークの、五月三日に、なくなりました。

わたしは、おばあちゃんがなくなってから、ずっとこうかいして、ないていました。なかないと思っていても、なみだがとまりませんでした。おばあちゃんは、写真をとって、思い出にするのが大すきでした。だから、りょこうにいったときは、いつも写真をとっていました。それをわたしがわがままをいってじゃましてしまいました。だから、今いくらごめんなさいをいっても、もうゆるしてくれません。それがくやしかったです。

みなさんは、ガンを知っていますか。ガンはおそろしいびょうきです。なおる人もいれば、そのままなくなる人もいます。みなさんは、かぞくを大切にしていますか。大切ですか。わたしはたくさんの人のいのちをすくいたいです。そして、びょうきがない世界にしたいです。

たった一言

『宝船に乗ったつもりで』

主人との初めての出会いは、私が二一歳のとき。お見合いです。正直なところ「パッとしない」が第一印象でした。背は低いし、顔は今でいうイケメンとは程遠い感じで、取り柄は優しさぐらいだけれど、優しすぎて頼りがいがないというか、なんというか・・・。主人には申し訳ないですが、私はこのお見合いを何とかして断ろうと必死でした。

出会ってから三か月、私の主人への思いは変わりませんでしたが、それでも相変わらず優しさだけは伝わってきました。そして、私が乗り気ではないことは主人も分かっていたのだと思います。

そういう状況の中で、主人はこう言ったのです。

「範子さん、僕は範子さんを幸せにしたいとずっと思っています。僕は頼りないかもしれないけれど、範子さんが困っているときは全面的に味方になって助けたい。だから、宝船に乗ったつもりでいてほしい」

私は、「ん?」と違和感を覚えました。「宝船に乗ったつもりで?」こんな言葉あっただろうか? これは正しくは、「大船に乗ったつもりで」なのでは。

思わず「大船だと思うんだけど」というと、主人は「うん、そうとも言うね」と恥ずかしそうにしていましたが、私はそのときの主人のかわいい顔をはっきりと覚えています。

あれから、四五年以上の月日が経ちました。主人の言っていた通り、私はずっと主人という「宝船」に乗ってきたと感じています。決して裕福とは言えない生活でしたが、主人の優しさは出会ったときと変わらず、また私の一番の理解者です。まさしく主人は「大船」以上の「宝船」。本当に主人に感謝しています。

「お父さん、ありがとう。これからもよろしくね」

たった一言『大丈夫、たのんでください』

それは今から四〇年前、私が小学校五年生の時の六月、小雨の降る日でした。姉と祖母の三人で京阪電車に乗っている時のこと。重い機能障害を持って生まれた姉も十四歳となって、長年の機能訓練のおかげか、車椅子が無くてもゆっくりであれば、介助者といっしょに外出ができるようになっていました。ただ、知能は三歳児位で成長が止まったままであったため、喜怒哀楽の表現は激しく、大きな幼児であることに変わりはなく、パニックを起こすと祖母と私の力だけでは難しいことも多くありました。

それでも長年の家の中だけの生活から、たくさん外出できるようになって、私は本当に嬉しく、外出の時は祖母が少し綺麗になって、甘いものなども買ってくれるのが本当に楽しみでした。

その日、京都市から宇治へ帰る電車の中で、姉が「おしっこ」と言い始め、私達は途中下車をしてトイレを借りようと決めたものの、いざ下車をするとなると、本降りとなり始めた雨の中、姉の両脇を抱え、短い停車時間でホームへ移動するには、傘を持つ余裕などとても無く、雨にぬれた姉がパニックを起こすのではないかと心配でした。そんなことを祖母と話しながらドアの横で下車の準備をしていると、近くに座っていた大学生くらいの青年が、突然、

「僕、次ちょうど降りますし、傘大きいから、いっしょにいきましょう」

と私達の傍にきてくれました。

「ご迷惑はかけられません。この子（私）にも練習なので」

と、断ろうとする祖母の言葉をさえぎるように、

「みんな手伝いたいと思っていると思いますよ」

「大丈夫。たのんでください。手は三本ないから。一本かりなきゃ」

その後、改札口まで見送ってくださった青年の優しい瞳を今もはっきり思い出せます。あれから四〇年、いったい何本の手をおかりしてきたことか。勇気を出してお願いをしなくてはならないとき、いつも思い出す私の大切な原風景です。

たった一言『大変』

　昔、友人の前で愚痴をこぼした事があります。それは「無理、もう出来ない、どうせ頑張っても無駄」というようなマイナスな言葉でした。すると友人は私に笑いかけながら、

「大変なの？」

と私になげかけました。もちろん私は、

「大変に決まってるじゃん」

と返しました。すると、友人は、

「じゃあ、今大きく変わろうとしてるんだね」

と私にとって意外な言葉をくれました。

　確かにそうです。「大変」は「大きく変わる」です。私は新しい驚きと同時に、

うれしさが込み上げてきました。自分は今、大きく変わるために頑張れてるという実感がわいたからです。

友人からもらった素敵な言葉のプレゼントは、今も私を支えてくれています。これからも、「大変」を目標に頑張っていきたいです。

たった一言『涙がもったいない』

私がたった一言で心に響いた言葉は、「涙がもったいない」です。

まだ小学校に通っていたとき、そのころは、まだ感情のコントロールがうまくできず、泣いてばかりでした。そんなある日、私は授業中に体調が悪くなってしまい、この日も、今となってはなぜだか分からないけど泣いてしまいました。その後、保健室へ行くときは泣きやんではいたものの、保健室のベッドに横になると、泣きたくないのに涙が出てしまいました。

そんな時、いつもやさしく接してくれる保健の先生が近づいてきてこう言いました。

「なんでそんなに泣いているの？　今泣いたら涙がもったいないから、また今度、今日の分をうれし泣きに使いなさい」

それまでうれし泣きをしたことがなかった私は、この言葉はとても心に響きました。泣きたくない時に出てきて、本当に厄介だと思っていた涙にも意味があると、この時初めて気づきました。まだ泣き虫なのはなおっていませんが、自分で自分をコントロールできるようになるためにも、とても印象に残りました。

これからたくさんのことで悩んだり苦しんだり、つらい思いをすることもあると思うけど、「涙がもったいない」のようなたった一言でも相手を安心させることができる言葉があると知りました。次は私がいろんな人を幸せにできるようなすてきな言葉を使っていきたいと思いました。

たった一言

『苦しかばってん、生きとる証拠！』

四年前の秋、大学病院にひと月ほど入院しました。別の病棟でしたが、廊下や談話室でだれかれ構わずにぎやかに話しかける年配女性がいて、つかまらないように用心していました。

ところがある朝、談話室から見える美しい朝日に見とれていたところ、隣にその人が…。「あら～、今日もよか天気ばい！」からスタートし、おしゃべりにつき合う羽目になりました。しかし、さっぱりした気性らしい彼女との会話は意外に楽しく、互いの病気や治療方法、夕べ見たドラマやおススメの本、退院したら食べたいものなどあれこれ語り合い、すっかり打ち解けてしまったのです。

そのなかで彼女が難病を患い入退院を繰り返していることを知り、心苦しさで口が重くなった私。

「…実は週明け退院するとです」

「まあ、そいはよかった。おめでとう！」

ひまわりのような彼女の笑顔。はっとするほどの美しさでした。

「うち（私）も新しか抗がん剤が効いてくれれば、また退院できるとよ」

「そん治療は…苦しかとでしょうね…」

「まあね…そいでもさ、苦しかばってん、生きとる証拠！　そう思って頑張ってきたとよ。負けられんばい」

「ほんとですね。負けんでください」

「あなたもね」

「はい！」

それだけの出会いでしたが、彼女の言葉はいまも私の心に残り、苦しいときの支えとなっています。

「苦しかばってん、生きとる証拠！」

たった一言

『いてくれるだけでいいんだよ』

「おはよう」と、今日もクラスの友達が声をかけてくれる。

「おはよう！　今日もいい天気だね。そういえば、昨日のテレビ見た？　あの番組、面白かったね」…なーんて、いつか言ってみたいなぁ。私が彼女たちに返せるのは、強張った笑顔と沈黙だけ。いつもそうだ。私はなぜだか、人前に出ると異様に緊張して、途端に言葉が出なくなってしまう。

「おはよう、おはよう、今日も、いい、天気、ああダメだまた言えない、おはようおはようおはよう…今日も」今日もまた、言えなかった…。私の心は、その度に悔しさと虚しさでいっぱいになる。家族にだったら「おはよう」も「さよなら」も言えるし、「また明日」も言える。欲しい本がどこに置いてあるかも聞けるし、お店のカードを作って欲しい、とも言えるのにな。でもそんなこと、家族に言えても意味ないもんな…。

今まで言葉にしてあげられなくて、ぐっと飲み込んだ音がどれだけあっただろう。あれも言いたかった、これも言いたかった。生まれてこなかった言葉は、きっと星の数よりももっと多い。

「どうしたらいいのかな…。どうして、言葉が出ないのかな…」

悲しくて苦しくて、不甲斐なくて、辛くて。ぐるぐるとまとわりつく黒い水の中で、私はがぶがぶと必死にもがく。けれども、上ることができない。沈むことしかできない。がむしゃらに手を伸ばしても、掴めるのはあぶくだけだった。やがてそうすることに疲れて、私はこのまま、この闇の中に消えてしまおうと思った。私は友達やクラスの人たちと同じことができない。みんなが当たり前にできていること…言葉を出そうなんて、みんなはきっと意識したこともないだろう。そんなことが、私はできない。こんな私は、いらない。

そう思ったそのときだった。母が、うなだれて動かない私の頭に手を乗せて

「しゃべれなくても、いいんだよ。いてくれるだけでいいんだよ」

と、私を抱きしめた。真っ暗で何も見えなかった海の底に、小さな光が灯りはじめた。母は、私を迎えに来てくれた。暗い暗い海淵まで、私を迎えに来てくれた。たった一言も言えない、こんな私を…。

それから心療内科に通い始めて、私は「社交不安症」という特性があることが分かった。どうしてしゃべれないのか、言葉が出ないのか…一〇年以上悩まされてきたものの正体が、やっと分かった。それからは、自分はそういう特性があるのだと少しずつ受け入れられるようになった。家族からのアドバイスで、誰かと話すとき、お店に行くときは、あらかじめ言いたいことを書いたメモを持ち歩くことにした。友達と筆談で会話も始めた。今から少しずつ、少しずつ、言葉を話す練習をしていけばいい。

「しゃべれなくても、いいんだよ。いてくれるだけでいいんだよ」

この言葉が、今も私を生かしてくれている。今は一言、母に、家族に「ありがとう」の言葉を届けたい。たった一言、それだけでも。

たった一言『健康ならそれでいい』

　私のお母さんはいつもとつぜん「健康ならそれでいい」と言ってきます。小さいころから言われていました。小さいころは「しつこいなぁ、なんなんだろ～」としか思っていませんでした。でも、今となっては、すごく意味が分かります。意味が分かると心がじ～んとします。私の姉二人も言われています。

　姉二人も、よく「しつこい」とお母さんに言っています。でも、多分、心の中ではうれしいと思います。私も言われるとうれしいからそう思います。

　そして、姉に何と言われようとお母さんは、「健康ならそれでいい」と言ってきます。だから、私はお母さんがすごいと思います。ずっと言ってくる所と、「健康ならそれでいい」と言うだけで人を幸せにできることがすごいと思います。

　私も大人になったら、子どもにそういう、幸せになる言葉をかけてあげれたらいいなぁと思いました。

たった一言『大丈夫？』

声を掛けられるとは思っていなかった。新生活を始めたばかりの春の頃、こっそり、帰りの電車の中で泣いて帰ることがあった。目標に向かって見え始めた新しい道に心おどる反面、慣れない新しい生活に不安も強くて。だけど自分で決めた道だから、誰にも弱音は吐けないと思っていた。電車の中はみんな知らない他人だから、誰も私なんて気に留めないから…そう思っていた。

「大丈夫？」

ある日、駅の階段で声を掛けてくれたのは、駅の清掃のお姉さんだった。私の泣きはらした目と、もともとまひのある足を引きずった歩き方がよほど頼りなげに見えたのかもしれない。私はハッとした。（見ててくれる人、いたよ！　ああ、この人の前では、どうせなら、笑顔でいたいなあ　もう、泣きたくないなぁ）

その日から、私は泣くのをやめた。代わりに、毎日駅であの清掃のおねえさんとすれちがうたびに笑顔で、「おはようございます」「暑いね。今日あそこ空いてるよ」なんて挨拶するようになった。そのやりとりは、自然と私の気持ちを明るくしてくれたし、今もその日一日あたたかなやる気をくれる。

こんな出会いがあるんだなと思う。お姉さんの一言が気づかせてくれたおかげで、今はもう、私はすっかり明るい気分で職場に通うようになった。

たった一言『これからだな』

それは進路のことで、先生の元へ相談に行った時のことでした。僕は進学先についてすごく悩んでいて、それを先生に相談しに行ったんです。実は、僕は今の学校を卒業したら、日本の大学に進もうか、それとも海外の大学に進もうかを悩んでいました。海外に出て挑戦したい気持ちも半分あり、しかしもう半分にはただの憧れのようなものだけで本当に海外に進学していいものかという気持ちもあり、自分ではどうすればいいのかわからなくなっていました。

その時に先生は、僕の今の気持ちをじっと聞いてくれていて、そこで何かを決めつけるわけでもなく、ただただ僕と一緒になって進路について考えてくれました。なぜ海外に行きたいと思ったのか、どんなことをやりたいのか…先生と共にそうやって話しているうちに、僕は改めて自分の素直な気持ちというものに気づけました。

成功するとか失敗するとかよりも、自分の気持ちが向いている方に進んでいこうと思えるようになっていたんです。

最後に、先生はポツリと、

「これからだな。いいなあ、楽しみだ」

と僕に向かって言いました。その言葉に僕は、先生がこれからの自分の可能性を信じてくれているように感じて、すごく温かい気持ちになりました。そして自分自身にも、まだまだどうなるか分からない未来に対して、これまでのような不安よりもワクワクした気持ちがみなぎってくる気がしました。

これからという未来に向かってまだまだ準備はできていませんが、自分の可能性を信じて一歩ずつ前に向かって進んでいきます。

たった一言『それでいいから』

僕は吃音を抱えています。中学校一年生の時に、不安もありましたが自ら立候補して学級委員長になりました。学級委員長には授業の始めと終わりに号令をかけるという役目がありました。

「起立、これから一時間目の授業を始めます。礼」

「起立、これで一時間目の授業を終わります。礼」

吃音の僕は、最初の起立の「き」を言う時でも突っかかってしまいます。リラックスしようと思えば思うほど肩に力が入り緊張して言葉が出てきません。同じ文字を何度も繰り返してしまい変な号令になってしまいます。突っかかるたびに周りからはため息が漏れ、僕はとても申し訳ない気持ちになりました。

そんなある日の授業のこと、「起立」は何とか言えたのですが、「これから」の「こ」が本当に出てきませんでした。周りから「こ」と言う声が聞こえました。ため息が聞こえました。嘲笑が聞こえました。自分に対して不甲斐ない気持ち、恥ずかしい気持ちと、クラスメイトに対して申し訳ない気持ちであふれ、僕はとうとうその場で泣いてしまいました。その授業を担当していた先生が僕を別の教室に連れて行きました。

そして泣く僕に対してこう言いました。

「このクラスの委員長になってくれてありがとう。お前はそれでいいから。何も気にするな」

そのままでいいと認められたことで僕は肩の力がフッと抜けました。周りは気にしない、自分らしくいこうと思えました。そして教室に戻りました。先生が、

「よし、授業始めよう。けいすけ、号令」

と何もなかったかのように言いました。僕は、

「これから一時間目の授業を始めます。礼」

と、胸を張って言いました。

それから僕は自分でも驚くほど吃音が軽減しました。このエピソードが影響しているかどうかはわかりませんが、僕は今学校の先生を目指して勉強しています。

これからも自分らしさを大切にして生きていきます。

「それでいいから」

たった一言

『日本には天国よりいい所がたくさんありますよ。ゆっくり堪能して下さい』

五年前の年末、四国で一人暮らしをしている母と一緒に京都を旅した。父を亡くして五十年、女手一つで兄と私を育ててくれた母。高齢とともに足腰が弱り、なかなか思うように歩けない母のため、人力車に乗って嵐山を観光することにした。ライトアップされた渡月橋や竹林の小径などの名所を、人力車の車夫はゆっくり丁寧に案内して下さった。目の前に広がる雄大で幻想的な景色を見て、母はとても満足そうに喜んだ。

観光を終えて人力車を降りる時、母は車夫に、「本日はどうもありがとうございました。おかげでとても素晴らしい旅になりました。娘と二人でこんな夢のような旅が出来て、私はもう思い残すことはありません。このまま天国の主人のところへ行ってもいいです」と、涙を浮かべてお礼を言った。

　すると車夫は、「お母様、日本には、天国よりいい所がたくさんありますよ。これから娘さんと一緒に時間をかけてゆっくり堪能して下さい」と、爽やかな笑顔で言って下さった。車夫の温かく優しい言葉に、母と私は肩を抱き合って号泣した。

　母とは離れて暮らしているため、頻繁に旅行には行くことができないが、母はあの時の車夫の言葉をモットーに、痛む足腰をかばいながら、町内会の旅行のお世話などを積極的にしている。そして、父の仏壇に向かい、「私はまだまだそちらには行きません。天国よりいい所をたくさん楽しむから、気長に待っていて下さいね」と、笑顔で手を合わせている。

たった一言

『まあ、今日は、なんて嬉しい日でしょう』

私の祖母は九十八歳まで長生きした。若い頃は満州で過ごし、日本に帰ってくるときは大変な苦労をしたそうだ。本人からその話を聞いたことはない。私が子供の頃の祖母は、普通の「やさしいおばあちゃん」であり、夏休みに会うのをいつも楽しみにしていた。尋ねていくと、いつも私の好きなイカの刺身を作ってくれた。

ところが私が高校二年の時、祖父が亡くなったころから、祖母と私の母との関係が悪くなってしまった。なぜだかわからない。想像するに遺産相続のことかもしれない。やはり、母親と祖母の仲が悪いことを子供ながらに感じて、なにか僕ら孫にも特別な感情があるのではないかと考えてしまい、いつしか祖母を訪ねる足も遠のくようになってしまった。

九〇を超えてからも、祖母は一人暮らしをしていた。わたしは年末になると祖母のことが気にかかり、祖母の家を訪ねた。尋ねても玄関のベルを押すことが出来ずに、夕方、二階の電球の灯がともるとほっとして家に帰った。

ある年、いつものように年末に訪ねて行ったが人の気配がしない。庭には草が伸びて枯れている。思い切ってベルを押した。返事がない。玄関の鍵も閉まっている。あせって母の妹に電話すると、自分で身の回りのことが出来なくなり、近くのケアハウスに移ったとのこと。ひとまず安心したが、ケアハウスに行くかどうかこのまま帰るか迷った。

もう祖母には五年も会っていない。と同時に、なんとなく自分で感じている祖母の私たちへの感情もやはり考えてしまった。しかしケアハウスに移ったのだったら、ひょっとしてずいぶん悪くなったのかもしれない。もう会えなくなってしまうんじゃないか…意を決して会いに行くことにした。

玄関でインフルエンザ予防のマスクを受け取り、部屋に案内されて中に入った。

そこには静かに目を閉じて横になっている、五年前と変わらない祖母が！　祖母は、誰かの存在に気がつき、「誰?」といった。

私がマスクを取る前に、「ケンちゃん?」「そう、ひさしぶり」「まあ、今日は、なんて嬉しい日でしょう」祖母は目頭を押さえてそう言った。その言葉にはいろんな意味を含んでいたかも知れない。

しかし、私は胸のつかえが一気にとれた。本当に来て良かったと思った。それから三〇分ほどであったが、自分の子供のこと、母の今の様子などを話した。

話が少し途切れると、祖母は何度も「まあ、今日は、なんて嬉しい日でしょう」と繰り返した。そこには、ただただ、よく来てくれたねという気持ちがいっぱいつまった言葉に聞こえた。このたった一言がたまっていたもやもやした気持ちを拭い去ってくれた。

祖母はそのケアハウスで亡くなった。今でも時々祖母の入っていたケアハウスの前を通るたびに、「まあ、今日は、なんて嬉しい日でしょう」という言葉を思い出す。そしてあのときに感じた、胸のつかえのとれたさわやかな気持ちを思い返す。

たった一言

『生きていれば誰でも病気になるよ』

今年の夏に乳がん検診を受診し、まさかの悪性。まだ三〇代、どうして私が、なんで私が。何がいけなかったんだろう、これから私や家族はどうなるのだろう。自分を責め、毎日たくさん泣きました。

後日、医師から手術の説明を受けている中、主人が「乳がんになった原因はなんですかね」と医師に問いかけました。私は何を言われるのだろう、とドキドキしていました。すると、医師は、

「生きていれば誰でも病気になるよ」

とさらりと答えました。その言葉を聞き、私はとてもこころがラクになりました。もし原因となるようなことを言われていたら、私は自分のしたことにずっと後悔ばかりしていたと思います。私はこの言葉に救われました。手術の時も麻酔がかかる直前まで優しい言葉をかけてくれた先生に本当に感謝しています。

病気になって良いことはないけど、家族や友人、そして病院スタッフのかたの温かみを感じることができました。また、同じ境遇の方の気持ちがわかるようになりました。これからは検診を推進する活動に参加する予定です。

たった一言『どうぞ、お幸せに』

息子を出産して三ヶ月位の頃、電車に乗って都内の病院に行くことになった。赤ちゃんを連れての電車移動は初めてで、不安でいっぱいだった。親切な方が座席を譲ってくださり、おじいさんの隣に腰を下ろした。その瞬間、息子がふげふげと泣き出した。私は慌てて立ち上がり、どうにか泣き止ませなければと、息子を必死にあやしていた。

ふと、息子が泣き止んだ。その視線の先に目を向けると、そこにはおじいさんの優しい笑顔があった。私に大変だねと話しかけてくれ、口数は決して多くはないものの、そのあとも息子と目が合うと笑いかけてくれ、息子にも笑顔が戻ってきた。

そんな中、おじいさんが腰をあげて降りる準備をはじめた。私は、ありがとうございました、とお礼を述べると、

「どうぞ、お幸せに」と、またあの優しい笑顔を浮かべて、電車を降りていった。

「どうぞ、お幸せに」その言葉で、私はとても温かい気持ちになった。なんて美しい言葉なのだろう、と。張りつめていた緊張の糸が少し緩んだのか、見ていた景色も一気に明るくなった気がした。

赤ちゃんを連れて電車やバスに乗るのは、まわりに迷惑をかけてしまうんじゃないかと、たくさんの新米ママが不安に思っていると思う。そんなとき、私はあのおじいさんみたいになりたいと思う。

名前もわからない、優しいやさしいおじいさん。美しい言葉をありがとう。一生懸命育てます。

たった一言『ほな、帰ろ』

中学三年の十二月にある三者面談で、ヤンキーだった俺の余りのアホさ（学年五七〇人中五四〇位）に、担任の先生は開口一番お袋に、

「お宅の息子は〇〇高校（県下最下位）もムリです」

お袋は、

「そーでっか。でもウチのはXX高校（県下進学率二位）へ行くゆーてますから、行かせます。ほな、帰ろ」

と、三〇分予定の面談を五分で席を立ち、唖然とする先生と俺を置いて本当に帰り、帰ってからも何も言わなかった。それに奮起した俺は十二月後半から猛勉強、二月には学年一四〇位まで学力を上げ、四月の入試では希望のXX高校に奇跡の合格を果たした。面談のあと、しつこく勉強しろと言われたらしてなかった

かも。「ほな、帰ろ」の一言だけだったのが効いた。

たった一言『これ』

「これ」と言って、先輩が私の前に置いてくれたのはティッシュでした。そのとき、私は泣いていませんでした。ただ、少し責任のある仕事を任されて、そのなかでどのように進めばいいかわからず、誰にも相談できなくて途方に暮れていました。その日もパソコンの前でどうしたらいいか悩んでいたら、「これ」とその一言だけ残して、ティッシュを置かれたのです。

その瞬間、私はぽろぽろ涙が出始めました。自分でも驚いたものの止められなくて、そのティッシュを使いました。

素直になれない自分を見てくれている人がいることに安心したのだと思います。

もし、このとき、「大丈夫か」と声を掛けられていたなら、素直になれず、泣くこともできず、前に進むにはもっと時間がかかっていました。

たった二文字の言葉と一つのさりげない行動が、時に話をすることよりも有効なんだ、と学び、何が最適か判断できることが大人の一歩なのかな、と思いました。

たった一言 『お父ちゃん、頑張ったのにな』

私が中学生の頃、祖父は他界しました。雨が強くて、風が強くて、雷も鳴っていた夏の終わり頃でした。交代で看病についていた父と母と祖母。祖父の入院していた病院から母が電話をしてきたのは、夕方。祖母が夕食の準備をしていた頃でした。

「祖父の容体が変わった」と。早く病院に向かおうとする父や私たち。しかし、祖母は一人、準備中の夕食の肉じゃがに味がまだ染み込んでいないことや、私たちが夕食を食べていないことを気にしていました。私は幼心から「なんでこんな時に味付けにこだわっているのか」と、疑問を抱えずにはいられませんでした。

そんな祖母を車に乗せ、私たちは父が運転する車に乗り病院へ向かい、父、母、祖母は医師から、祖父の現状について話を聞いたと記憶しています。医師からの話のあと、全員で祖父の病室に移った私たちに祖母は、祖父との結婚までの話を聞かせてくれました。

それは戦後まもなくということもあり、今のようなデートを重ねて愛を育んで行くという形ではなく、「二、三度会った人である祖父と結婚をした」という、相手のことをまだほとんど知らない状況での結婚であったと聞かされました。その話のあと、私たちは祖父の状態を交代で見ながら、仮眠をそれぞれ取るようにしました。そんな時でも、祖母は殆どの時間を祖父と過ごしていました。

そして、祖父の容体に変化があらわれ、最期の時がやってきたとき。祖母は祖父の手をギュッと握っていました。孫ながら、祖母が祖父の手を強く握っていた光景は初めて目の当たりにしました。

そして、祖母は祖父の最期に涙混じりの声でこう語りかけました。

「お父ちゃん、頑張ったのにな」

恐らく、母からの電話を受けた時、祖母は長年連れ添った祖父と離れてしまうこと、口にしたくない別れの言葉を伝えなければならないであろう状況になることに、計り知れない気持ちを抱き、肉じゃがの味付けや私たちの夕食を気にすることで、その最期に向き合う準備をしていたのではないかと十数年たった今は理解しています。あの言葉は祖母と祖父の強い繋がりを表した一言だったと私はずっと心の中で思っています。

数年後祖母も他界し、今度は味が染み込んでおいしい肉じゃがを作って祖父と一緒に食べているだろうと私は祈っています。

第五章

楽しかったわよ

たった一言

『楽しかったわよ』

十五年以上の介護生活が終わった。

祖母は祖父を亡くして以来、少しずつ壊れてゆき、家族が気付いたときには立派なボケ老人となっていた。日に何度もスーパーで同じものを買ってくるのに始まり、食べたものを食べてないと言い、一人で電車に乗り知らない町で保護され、夜中に寝ている私に馬乗りになり、家に帰りたいと言い、汚物を冷蔵庫にしまいこみ、またそれを部屋全面になすりつけ、来る日も来る日も泣いたり悪態をついたり暴れたり、そうしている内に私の中で「祖母」という存在がゆっくりと消えていった。

頭では分かっているつもりだった。祖母がこういう状態になるのは誰のせいでもない、もちろん本人のせいでもない。行動にいちいち感情的にならないように、起きた事実にのみ冷静に向き合うように、冷静に、冷静に…。

しかし、思春期ど真ん中だった私には正直、その存在はキツかった。祖母にたくさん嫌な顔をした。たくさん避けた。見ないふりをした。それはいつしか当たり前のようになり、両親、特に母に介護を丸投げする形になっていった。

最期は肺炎であっけなく亡くなった祖母の通夜の席で、叔母が泣きながら母にこう言った。

「来られない距離じゃないのに全然顔も見せず、実の娘の私が何もしないで今さら何だと思うだろうけど、苦労させちゃって本当にごめんなさい」

全くだ、と自分のことを棚にあげて私は思った。叔母は我が家に来たとしても祖母がデイケアにいっている間に両親から様子を聞き、祖母の帰ってきたのを見届けてサッと帰る、という調子だった。今さらだ。母が苦労してきた過程も、祖母が壊れゆく過程も、知らないままになってしまった。私は内心、叔母に怒りを覚えたほどだ。母にばかり押し付けて、何を今さら。

すると、それを聞いた母は平然と、世間話の相づちを打つかのようにとても自然に、叔母にひと言こう言った。

「何言ってるの、楽しかったわよ」

　私は自分が叔母に対して思っていた言葉をそのまま自分に叩き返されたような気分になった。今まで見てきた祖母の姿と「楽しい」という言葉が、どうしたら結び付くのだろうか。現在、祖母が亡くなってから何年か経つが、いまだにうまく結び付かない。結び付かないが、母のひと言は「おばあちゃん、ごめんね」の思いと共にずっと心の端っこにしまってある。

　もしも、いつか私が母の介護をすることになったら…母と同じにはいかないだろうけれど、しまってあった「あのひと言」を本心から思えるように、どんなこともゆっくりと乗り越えたい。何と言っても、そう思えるようなひと言を言ってくれた母が相手なのだから。

たった一言

『やっと娘になったと思ったら、もう出て行くんやもんなぁ。うれしい、さみしい、幸せやなぁ』

母子家庭で育った私にとって、叔父は父親のような存在でした。四人の従姉妹と私と妹。六人の子どもたちの中で、私が最年長だったこともあり、親子遠足や運動会、入学式、卒業式、結納など、叔父の〝男親としてのはじめて〟は、ほとんど全て私が貰って来ました。ありがたいと思いながら、いつもどこかで「ごめん。恵美ちゃん（従姉妹）たちのお父さんなのに…」という後ろめたさが拭えませんでした。

結婚式も、私がはじめて。叔父や従姉妹からたくさんの「おめでとう」をもらい、嬉しさいっぱいで式当日の流れを確認していると、ふいに叔父から質問が飛んできました。

「俺はいつ、どこに行けばいいんや？」

挙式日時を伝えるも、「リハーサルも当日か?」と難しい顔。あぁ、しまった、そういう確認か。気づいた瞬間、申し訳なさがこみ上げ、嬉しい気持ちは一気に冷めてしまいました。

「バージンロードまで貰えんよ。はじめてのエスコートは実の娘の結婚式でなきゃ」

できるだけ明るく答えてみたものの、声に出すと思った以上に辛い言葉でした。寂しさが突き刺さり、うまく笑えません。すると、間髪入れずに一言、

「実も何もなかろ」

あっけらかんと言い放った叔父に、従姉妹達も、そうだそうだと大合唱。

「お父さん、姉ちゃんに恥かかせんでよ!」

「はじめてやでなぁ! 緊張するなぁ!」

楽しそうな叔父達を見て、ぼろぼろと涙が溢れました。

「今までお世話になりました」

と頭を下げると、

「おっ、ドラマでよく見るやつや!」と茶化す従姉妹。

つられて笑いながら顔を上げると、叔父もぼろぼろと笑顔で泣いていました。

「しかしなぁ、やっと娘になったと思ったら、もう出て行くんやもんなぁ。うれしい、さみしい、幸せやなぁ」

やっと娘になった。その言葉で、叔父もずっと私の遠慮に気付きながら、それでもいつも何度も、父親として接してくれていたのだと気付きました。それは、どんなに勇気の要ることだったか。そう思うと、感謝の気持ちでいっぱいになり、後ろめたさも、寂しさも、全て消えてしまいました。

「で、どうしたらいいんや?」

式次第を見つめ、嬉しそうに笑う顔は、もう、父親の〝ような〟ではありませんでした。私の大切な父親の顔でした。

たった一言

『かわいいね』

一男一女に恵まれただけで幸せだった。元々子供が出来にくく、流産なども経験していた私にとって、忘れた頃に第三子の妊娠が発覚した時は更に信じられないくらい幸せだった。

その子は無事に生まれてきた。男の子だった。最初に（アレ？）と思ったのは、首の座りが遅かった時。そこから、少しずつ、少しずつ、成長が遅れていることに気が付いた。歩き出したのは一歳八か月。意味の分かる単語が出てきたのは三歳半。いよいよおかしい、と思っていた頃、息子には自閉症の疑い、という診断が出た。『疑い』という言葉の曖昧さに救いは見えなかった。少しずつ、健常児の成長曲線からずれていく我が子に一番違和感を覚えていたのは、母である私自身だったから。

でも、なぜ、私の子供が障害を持って生まれて来たのか。障碍、なんて字を充てる気にはならなかった。この子は障害児なんだ。この先、まともな人生は歩めないのだ。そう思うと、ボロボロと涙がこぼれてきた。あなたの人生を、不完全なものにしてしまってごめん。母である私のせい。

発達センターで診断を受けた帰り道、私の頭の中は、黒い渦で一杯だった。幸い、上の二人はとてもいい子だ。主人にはその二人を託して離婚するしかない。私はこの子を育てていくんだ。もしも…うまくいかなかったら、この子と一緒に、いっそのこと…。とにかく、思い詰めていた。自分と、息子の未来に明るい光は一筋も見えなかった。

どんな気分であれ、私は家族の食事を作らなくてはならない。私は、息子をカートに乗せて、スーパーで買い物をしていた。気分が沈んでいると、何も美味しそうに見えなくて困った。それでもふらふらとなんとか食材をカートに詰め、レジを待っていた時のこと。

「あー、ねー」

気が付くと息子が後ろに並んでいる年配のご婦人の方に手を伸ばしている。実年齢とかけ離れていく中身。まるで赤ちゃんのような仕草。成長が遅いとばれてしまうだろうか。かわいそうだとか言われるのだろうか。自分の身体と心が、ギュッと固くなった気がした。

「かわいいね」

耳を疑った。謝るくらいのつもりでいた私の耳に響いた言葉は、とても温かかった。かわいい？　この子が？　だって、障害児なのに？

「むー、ふー」

ご婦人の柔らかい笑顔が嬉しかったのか、息子はなおも手を伸ばす。その途端、涙が出そうになった。そうだった。この子はかわいいんだ。笑顔が本当に天使のようで、妊娠が分かった日から今日まで、かわいくない日なんて一日もなかった。どうして忘れていたんだろう。障害があるかどうかではない。息子が今こうして生きているだけで私は幸せなのだ、と思い出すことが出来た、あの一言は今も私の宝物です。

たった一言『ママ一歳のお誕生日おめでとう！』

子どもの誕生日だと私がSNSに載せた時に友達のお母さんからもらった言葉。全てが初めてで、子育ての右も左も分からない、どう対応したらいいかわからない。これで良かったのか…？　そう思って子育てしていた時でした。

あー、わたしもまだママとして一歳なんだ、と思ったら何だか気持ちが楽になった気がしました。一気に頑張らなくてもいいんだ、と思えました。

今は三児のママですが、子育て四年目。それでも毎回毎回子どもたちの成長の仕方は違って、育て方も同じ様にはいかなくて…、息詰まってしまうこともありますが、この子のママ歴はまだ二年目…この子はまだ数ヶ月…。

ママも一人ずつの子どもと共に成長していくんだと今でもふと思い出しては、気を楽にして毎日ママ業頑張っています。

たった一言

『ママのお友達になってくれませんか？』

主人の転勤で、私たち家族は、大阪から宮城県の仙台へ引っ越すことになりました。私と娘は、大阪以外の場所で生活するのは、はじめての事。仙台には、親類、友人はおろか、知人すらいませんでした。四歳の一人娘は、年少から大阪の幼稚園に通っていました。大好きだった先生や、お友達とも、泣く泣くお別れし、転園することになりました。あたたかく娘を迎え入れてくれた、新しい幼稚園の先生や、お友達。でも、娘は、気持ちが不安定になる日々が、続いていました。

ある夜、「はやく大阪に帰りたい！」と、娘がしくしく泣き出しました。どうしてかと私が尋ねると、「だって、お友達がいないんだもん！」と、毛布で涙を拭きながら、訴える娘。泣き声は、どんどん激しくなっていきました。何度なだめても、泣き止まず、途方にくれた私は、

「ママだって、お友達いないよ！」

と、大人気ないことを言ってしまいました。「寂しいね」そう言った途端、涙が溢れました。娘や、主人が不安になるかと思い、ずっとずっと我慢していた言葉でした。その晩、娘と泣きながら手を繋いで眠りました。

翌朝、幼稚園に送りに出かけると、

「ママ、大丈夫だよ。まかせてね！」

と、はりきっている娘。同じマンションに住むご夫婦、お掃除のおばさん、幼稚園の先生、同じ組のお友達やお母さん、登園途中に出会った色んな人に、娘が聞いて歩きます。

「ママのお友達になってくれませんか？」

最初はみんなにびっくりされてしまいましたが、「最近、引っ越してきて〜」と、そこから、会話がはじまりました。

今では、すっかり仙台の生活にも慣れ、仲良しのお友達もできた娘と私です。娘の優しさがいっぱい詰まった私の忘れられない一言です。

たった一言

『あなたじゃないわよ』

初めての妊娠。勤務先へ向かう毎日の満員電車はつわりや貧血に悩まされる私には辛い毎日でした。まだお腹も目立たない妊娠初期、マタニティマークをつけていても気づかれることはほとんどありませんでした。

皆疲れて寝ている座席。妊娠は病気じゃないし、座らなくても大丈夫だし、これくらい平気じゃないと元気な赤ちゃんなんて産めないもんね、と言い聞かせて電車に乗る日々でした。

貧血の症状が少しあるなぁと思った朝、いつものように満員電車に乗り込み立っていると、だんだん気持ちが悪くなり、「次の駅で降りて、ベンチで休もう」と思い、耐えていると一人の女性に肩を叩かれました。

「ここどうぞ」

驚いた私は申し訳なさが溢れ、思わず「だ、大丈夫です！」と返しました。すると女性は、

「あなたじゃないわよ」

とため息まじりに笑うと、

「あなたじゃなくて、お腹の子に譲ってるのよ、だから座ってちょうだい」

そういうと笑顔で席をたつ女性。私は初めて席を譲っていただいた優しさと、あたたかい言葉に涙が溢れて座りました。

「私も妊娠していた頃、こうして譲っていただいたことがあったの。だからあなたも元気な子供を産んで、妊婦さんに同じことをしてあげてね」

と微笑まれ、胸が熱くなり心から感謝の気持ちが溢れました。

それから私は元気な娘を産み、今は働くお母さんとして電車通勤の日々。妊婦さんを見かけるとあの日のことを思い出し、温かい気持ちを添えて声をかけています。

たった一言

『あなたも可愛い可愛い赤ちゃんよ』

妹が生まれたばかりの頃、どこを歩いてもみんな揃って「可愛い赤ちゃんね」と。二歳上のお姉ちゃんは寂しいのをぐっと我慢して、いつも「可愛い赤ちゃんでしょ?」と自慢していましたが、ある時、バスで隣に座ったおばあちゃんが、お姉ちゃんに、

「あなたも可愛い可愛い赤ちゃんよ」

と頭をなでてもらった時、小さい子供なりに我慢してきたのでしょう、涙がぽろぽろ出てきて、私も、「そうだよ、可愛い可愛いママの赤ちゃんよ」と抱きしめ、初めて子を持った私が、このたった一言で子供の気持ちを知り、兄弟姉妹のいる子供に対しての愛情のかけ方を知った日でした。

たった一言『幸せだな』

私の心に残った一言は、父が言った「幸せだな」という言葉だ。

私が中学二年生の時、父は会社で事故に遭い、現在も治療をしている。父は大怪我をしてとても暗く、母は、仕事と父の世話でとても大変だった。だから私は兄と一緒に少しでも母に負担をかけないよう、洗濯などの普段母に任せてばかりの仕事を分担して行っていた。前は、明るく四人で会話をしながらしていた食事も、家族がばらばらの食事になってしまった。

一か月後、父は退院した。私は父が退院できると聞いた時、いつもは、それほど感情は表さないけれど、その時は素直にうれしく笑みがこぼれた。また以前の生活に戻ることができると思った。

ある日、私は家族四人で食事をしていた。すると父が突然、

「幸せだな」

と言った。普段父は、そういう言葉は口に出さないのでとてもびっくりした。その時私も父と同じように幸せだなと思った。父の一言で、あたり前に過ごせることが、幸せであるということに気がつくことができた。

たった一言『支えてるから、上に乗りなよ』

私は女性にしては背が高い方で、スリムでもありません。だから騎馬戦では、必ず下で支える役目でした。しかし、高校の運動会の時、ある出来事がありました。騎馬戦で一緒に出ることになった四人で役割の話し合いをしていると、あるメンバーが私に言ったのです。

「あんた人生で一度も上に乗ることがないだろうから、乗ってみたら？」

思いもよらない提案に驚きました。

「重いからみんなに迷惑かけちゃうよ」

するとみんなが、笑顔で言いました。

「大丈夫、支えてるから、上に乗りなよ」

人生でおそらく経験することがないだろうと、上で戦うポジションを友人たちが譲ってくれたのです。そのとき、私は思っていた以上に胸の高鳴りを感じました。本心では挑戦してみたかったのだと、自身の気持ちに初めて気が付くくらい、最初からあきらめていたのです。

運動会当日、緊張する私に友人たちは肩を抱いて言いました。

「私たちの馬は、いちばん背が高くて有利だ」

笑顔で私の背筋を伸ばしてくれた友人たちと円陣を組んで馬はいざ、走り出しました。誰も肩には乗せていない私でしたが、みんなの気持ちに応えたいという思いは十分に背負っていました。体だけではなく、心さえもしっかりと支えてくれているのを確かに感じるのです。

無我夢中で、私はどんどん周りの兜を取っていきます。いつもとは違う景色が見え、なんて爽快な気分なのだろうと思いました。

そして奮闘した私たちは、最後まで勝ち残ることができたのです。

へとへとになったメンバーは土埃だらけで倒れこみました。

「あ～！　楽しかった！」

「やっぱあんたが上で正解だったよ！」

おとなにならなければできないことは沢山ありますが、反対に若くなければできないこともあります。少しの無茶と、有り余る体力で私たちは戦い抜いたのです。

汗でびっしょりの体操着、重なった笑い声、最後まで残った兜。当時の映像がまだ私の中で、鮮明に生きています。

「支えてるから、上に乗りなよ」

支えられることで、私も誰かの支えになりたいと強く思えた日。

たった一言

『新しい名字、すごくかっこいいよね』

　それは私が小学五年生の頃の出来事でした。ケンカの絶えなかった両親がついに離婚してしまい、私の名字が母親の旧姓に戻ることになりました。当時の私は、突然自分の名前が変わってしまったことがとても嫌で恥ずかしくて、家庭の事情とはいえ事実を受け入れられずにいました。幸いなことにそれが原因でいじめられたり、男子にからかわれたり、ということはなかったのですが、「どうして名前変わったの？」「パパとママ別れちゃったの？」と聞かれ、正直に説明するたびに後ろめたい気持ちになり、悲しくて友達の前で涙をこらえた日もありました。

　そんな日々を過ごしていると、いつもはとても大人しく物静かなクラスメイトの女の子が、

「新しい名字すごくかっこいいよね。私、平凡な名字だからうらやましい」

と言ってくれたんです。たしかに新しくなった名字は昔の戦国武将のような珍しいものでした。日頃あまり自分から話すようなタイプではない彼女がそのことを指摘してくれて、きっと彼女なりに励ましてくれたであろうことが私は本当に嬉しくて、あの時の救われたような気持ちは二〇年たった今でも覚えています。
その日をきっかけに私はまた前向きに明るさを取り戻していくことができました。あれから二〇年、結婚してまた名字は変わったけれど、どの時代の名前も懐かしい思い出でいっぱいです。

たった一言

『やらぬ善よりやる偽善』

私が、たった一言で心に響いた言葉は、中学三年生のときに友達が言った一言だ。当時の私は、誰かに頼みごとをされると断ることができないような人間だった。その頼みごとの中には、あまり気が進まないような事もあったが、それでも頼まれた以上やらなければいけないと思ってやっていた。

そんな私を見て、気に食わない人もいたようで裏で「八方美人な奴」とか「偽善者」と言われていた。

そのとき私は、自分が今までやって来たことは偽善で意味なんてなかったんじゃないかと思い始め、どうすればいいか分からなくなってしまった。

その事を友達に話すと、

「そんなの聞かなくていい。何もしない人なんかより、何かをした人の方が絶対に良いし意味のあることだと思う。やらない口だけの善より、たとえ偽善でも行動した方が、ずっとかっこいいよ」

私は、その言葉を聞いたとき、自分がやってきた事に意味はあったんだと思えてすごく嬉しかったし、少し泣きそうになった。

それから私は、誰が偽善だと言おうと自分がその人のためにやりたいと思った気持ちは善なんだと信じて行動できるようになった。

たった一言

『いいとこ立ってるね〜！』

二十五年ぐらい前のことだったと思います。会社で、営業成績の調子が、今ひとつで、やること為すこと全て裏目に出ており、会社をやめようかと悩んでいました。いつも行きつけの焼き鳥屋で、大将に悩みを相談しており、

「今、人生の岐路に立っているんだ」

と言ったところ、

「いいとこ立ってるね〜！」

と言われて、一気に、悩みが解消された気分になりました。その後、会社を辞めずにすみ、今、役員になっており、あの時の大将の一言に感謝しております。

たった一言

『前例がないなら作ればいい』

今から十数年前、私は大学生だった頃のこと。学生課で学生と職員が揉めていた。ＬＧＢＴの学生が、学生証の性別を変更してほしいと申し出たのである。職員が「前例がないので」と断っているところに、たまたま通りかかった副学長が、「前例がないなら作ればいい」と言って立ち去った。

偶然一部始終を見ていた先輩が、この話を教えてくれた。ポッチャリ体型の先生は、少しの移動でも大汗でタオルが欠かせなかった。穏やかな口調で哲学の講義をされていたのが懐かしい。みんなの子守唄になっていた。癒し＆マスコット的存在の先生が、発せられたこの鋭い一言はしばらく話題になった。

当時、前例などあるはずない。先生のような大人に、私もなりたい。

たった一言

『困っても困らない』

あれは確か、中学二年生の時の面談だったと思う。当時、勉強や部活、生徒会活動に追われ、どれもがうまくいかないと嘆いていた私に担任の先生がこの言葉をくれた。「俺の座右の銘、教えてあげるよ。『困っても困らない』って言葉」

大小さまざまな壁にぶつかったとき、ただ立ち止まって悩んでいるだけでは何も変わらない。違う角度から問題を捉えてみる、もう一度冷静に考えてみる、少し休んでみる、それでもだめなら、誰かに相談する・・・くよくよしていても仕方がないし、周りを見れば必ず助けてくれる人はいる。それに気付いただけでも心が少し楽になった。

でも、これがまた案外難しい。だって困ったときはやっぱり困ってしまうではないか。そう言うと先生は、「これには訓練が必要だからね」と笑った。「なるほど、それなら今から練習すればいつかこの言葉を自分のものにできるかも。やってみよう」

あれから五年。楽しいこともたくさんあったけれど、迷いも辛さも悔しさも、大きな失敗や挫折だって味わってきた。そしてそのたびに（困らない、困らない）と心の中で唱えてきた。少しは「困らない」ようになってきただろうか。

まだまだかもしれないな、と思う。けれどこの言葉はいつだって私のそばにあって、私の心を軽くしてくれている。だからいつか先生と再会したら、「できるようになったよ！」と報告できるといいな、と思う。

たった一言

『お前の顔はいつもニコニコしてるから、安心するな』

僕は小学校の頃に、

「お前の顔はいつもニコニコしてるから、安心するな」

と言われたことがとても嬉しかったです。

そのころは、ずっと自分がへらへらしてることが嫌いでした。みんなにも、すぐへらへらするから気持ち悪いとか言われていて嫌でした。

でも、ある子に「お前の顔はいつもニコニコしてるから、安心するな」と言われました。とても軽く言われただけだったけど、そのころはまわりにバカにされるだけでそんなことをあまり言われたことがなかったので、とても嬉しかったです。

そのおかげで、ぼくは逆に自分の「この顔」がけっこう好きになりました。

やっぱり不安になったときにも笑ったら、元気になるし安心するので、へらへらしてるかもしれないけど、ぼくは「この顔」が好きです。

たった一言

『レディーファーストですから』

病院で研修をしていた時です。

九〇を超え体も全く動かないおばあさんを車椅子で移動させていた時、エレベーターで五〇代くらいの男性がボタンを押しながら車椅子のおばあさんに向かって、

「レディーファーストですから」

と言われました。普段病院では下を向いて何も話さないおばあさんが、ぱっと顔を上げて本当にびっくりした顔をしたあとにニッコリ笑われました。

病院でずっと入院されていて体も動かず生きる気力を失った患者さんの、わらった顔を始めてみました。何も特別でないたった一言で、人の気持ちを変えられるということにとても心打たれました。

たった一言

『力強く食べよう』

末っ子の小学校入学を機に私はカルチャーセンターに通い始めた。月に二回、平日の午前中に文学を勉強する教室で、講師は五〇代後半の男性。生徒の顔ぶれは老若男女さまざまで、最年少だった私はこの教室で人生の勉強もさせていただいた。

教室が終わるとちょうどお昼で、先生は「時間がある人は一緒にお昼を食べませんか」と、私たち生徒に声をかけ、同じビル内のレストランで昼食を共にした。各々が頼んだ料理が運ばれると「いただきます」の後に先生が必ず付け加える言葉があった。それが「力強く食べよう」だった。

力強く食べる…最初にこの言葉を聞いた時は、面白い表現だなぁ、さすが文学を教える先生だわ、と思った。

この言葉通り？　先生はもりもりと食べ、食事の間もよくしゃべり、生徒の私たちもつられてよく食べ、よくしゃべり、楽しいランチのひとときを過ごした。

その後、運営側の事情で教室がなくなるまで、五年ほど私は先生の教室に通い続けた。風の便りで先生は今、体調を崩されて療養中だと聞く。

そして、あの当時、教室に通い始めた二〇年前、先生は奥様を亡くしてまだ日が浅かったということをずうっと後になってから私は知った。

「力強く食べよう」という先生の言葉は、なによりご自分に向けての言葉だったのかもしれない。食べることは命につながる大切なことだ。

つらいことや悲しいことがあると、食事がのどを通らなくなり、食べることなんてどうでもよくなってくる。でも、そんな時こそ、いえ、そんな時だからこそ食べなければいけないのだ。

つらいことがあったり、ピンチの時、「力強く食べよう」の言葉を思い出す私だ。

『なに泣いとん』

「なに泣いとん」夕暮れの病室で母は言った。消え入りそうな小さな声で、でもしっかりと、顔には笑みを湛えて。

緩和ケア病棟はいつ行ってもとても静かだった。従事する医師や看護師、面会に来ている家族までもみな穏やかで、その時を迎える準備ができているようだ。個室とはいえ、私のすすり泣く声が響いてしまうのではないかと一瞬躊躇したが、それでもベッドでひとり眠る母の姿を見つめていると、塞き止めたはずの涙がどうしても溢れ出てくるのである。二日前のリクエストであるコンビニのそうめんは私の膝に置いたままだ。母はもう何も口にできないどころか会話もできない状態になっていた。

呆然に近かった。電気も点けずに母の隣に座る。一時間ほど経っただろうか、面会終了の時間が迫り席を立つ。手を握りながらまた明日来るからね、と独り言にならないよう呼びかけると私の右手の指先に微かではあるが母の反応を感じることができた。そして母は薄くまぶたを開き、少し困ったように、しかし微笑みながら私に言った。

「なに泣いとん」結局それが最期の会話となった。だってー、と言いながら子どものようにますます泣いたのであるが、子どものようにではなくあの時確かに私は子どもだった。年も取ったし十分すぎるほど体重も増えたが、それでも私は永遠に泣き虫で手のかかる、母の子どもだ。

あれから三年が過ぎ、私は三十五歳になる。三〇代も半ばとなると人生の転機はたくさん訪れるもので、この三年間で私は相変わらずたくさん泣いた。きっとこれからも泣くだろう。でも何が起きても大丈夫なのだ。私の中には「なに泣いとん」と笑ってくれる母がいる。「なに泣いとん」と怒ってくれる母がいる。励ましてもくれるし心配だってしてくれる。「なに泣いとん」こんなたった小さな一言が、大きな大きなお守りとして私を包んでくれているのである。

たった一言

『薬塗った？』

私は昔から肌が弱く、アレルギーのせいもあって、いつもどこかしらが荒れています。それを抑えるために、毎日薬を塗っています。そんな私に母は、

「薬塗った？」

といつも聞きます。（わざわざ言わなくても分かってる、うるさいなあ）私はそんなことばかり考えていました。

ある日、父が私に一枚の写真を見せてくれました。そこに写っていたのは、一歳前後の私。今よりも肌荒れが酷く、頭皮も荒れて、髪の毛が一本も生えていませんでした。

「大きくなった時に気にしないように、お母さんが毎日、一生懸命薬をぬってくれてたんだぞ」

　その時ようやく私は気づきました。今私の肌荒れが、この程度ですんでいるのも、私に髪の毛が生えそろっているのも、母のおかげであること。うるさがられても、毎日「薬塗った？」と聞き続ける母の気持ちに。

　母は今日も、私に薬のことを聞きます。けれどもう私は、以前のようにうるさがることはありません。

「薬塗った？」

　そのたった一言で、どんな言葉よりも私は、母の愛情を感じることができるからです。

たった一言

『自分の親はこの世にたった二人しかいない』

今から二十三年前、私が未だ三十一歳だった時にとても元気だった父親が、体調が突然急変し緊急入院となり、いつ重篤な状態になってもおかしくないと医者から宣告されました。

既に私は結婚しており親元を離れていましたし、姉も遠くへ嫁いで行っていましたので、母親がつきっきりで父親を看ていました。

そんな状況の中、私は両親のことが片時も脳裏から離れることがなく仕事に集中できずに会社を休もうかどうか悩んでいると、その時の上司が特に相談していた訳でもなかったのですが、

「会社を休んで、親御さんの側に居てあげた方が良い。会社の代わりはいくらでも有るけど、『自分の親は、この世にたった二人しかいない』今側に居てあげない

と一生後悔するよ。それで会社が休んではいけないというのであれば、そんな会社は辞めれば良い。会社なんて星の数ほどあるよ」

と仰って下さいました。会社人間だった私を気づかい、私の背中を押して下さったのです。

父は、緊急手術後に一旦意識は戻ったものの、その後約三週間意識は戻らずにそのまま息を引き取りました。その間、途方にくれる母を励まし、父に寄り添うことができましたので、亡くなった悲しみ、悔しさを拭うことはできませんでしたが、後悔することなく父を看取ることができました。

あの時、上司の一言が無ければ、悶々とした中で苦しんでいたと思います。人生において何が大切かを教わった一言でした。又、その後の私の人生観を大きく変えて下さった一言でした。

「おわりに」にかえて

一〇一番目のたった一言
「辛い時は話ならいくらでも聞きますよ」

27年間連れ添った妻をがんで亡くしました。夫婦二人三脚で6年間治療を続けました。それはもう筆舌に尽くしがたい毎日でした。特に最後の1年半は、24時間看病介護で付き添いました。

真夜中に「起きてる？」「痛いよ～」「寂しい」と妻は訴えます。時に泣きながら、時に狂ったように吐き出す話を聞きながら、私は明け方まで身体のマッサージをしました。

そのうち、私自身の体調にも異変が起きます。聴覚異常、胃腸障害、長期の原因不明の微熱と自律神経系の症状が日常化します。それでも、妻の食事の用意をしなくてはならず、「なんとか少しでも口に入る物を」と念じ、スーパーやデパートを駆け回る、それが私の日常となり仕事となりました。

ついには私自身、身体が言うことを聞かなくなり、コンビニへさえもタクシーで出掛けるようになりました。「明日の朝、自分が先に冷たくなっていたらどうしよう」と、真夜中に妻の背中をさすりながら不安に苛まれたものでした。

そんな中、大げさではなく、私の命を支えてくれたのは、親戚や友人たちの励ましでした。どれほど、明日への希望、生きる支えとなったことか。

そして、もっとも「生きる力」になったのは、やはり奥さんががんに罹って闘病中の友人の言葉でした。

友人の奥さんはすでに何度も手術をし、抗がん剤治療も繰り返していました。友人は、私に言いました。

「奥さんにわがままを言わせてあげて下さい。我慢するとストレスになります」

「ストレスは病人に一番よくない。免疫力が下がるからです。それよりも何よりも、最期の時を迎えるまでの大切な時間を、お互いに穏やかに過ごしたい。だからケンカなんてしている暇はないのです」

妻は私に苦痛に耐えながら語りかけます。

「もう抗がん剤止めたいよ〜」「ねえ、死んでもいい？」「あ〜私の人生って何？」

「間違ってた、治療なんてするんじゃなかった」「このまま黙って死んでいけばよかった」・・・。

毎日のように、私に言葉の礫をぶつけてきました。ついつい言い返しそうになるのを、グッと堪えて受け止めます。すると、私の方がストレスまみれになりました。

そんな時でした。友人がこう言ってくれました。

「たいへんでしょうが、辛い時は話ならいくらでも聞きますよ」

それに甘えて、私は吐き出すように喋り続けました。どうしてやったらいいのかわからない。何もしてやれないもどかしさ。

それらを友人は、全部、乾いたスポンジが水を吸い取るように耳を傾けてくれました。

人は言葉で救われます。

きっと、あなたにも救われた「たった一言」があると思います。

志賀内泰弘

◆監修者略歴

志賀内 泰弘（しがない やすひろ）

作家・小説家。「プチ紳士・プチ淑女を探せ！」運動代表として、「思いやり」でいっぱいの世の中をつくろうと、思わず人に話したくなる感動的な「いい話」を探して東奔西走中。その数は数千におよぶ。著書にベストセラー『No.1トヨタのおもてなしレクサス星が丘の奇跡』、『5分で涙があふれて止まらないお話』『毎日が楽しくなる17の物語』（ともにPHP研究所）他多数。新聞・雑誌・Webなどでほぼ毎日「いい話」を連載中。

○「プチ紳士・プチ淑女を探せ！」運動とは。

プチ紳士・プチ淑女とは、ついつい見過ごしがちなほどの、小さな小さな親切をする人のことです。まず親切な人を探して次は自分が真似をする。そして「世の中を思いやりでいっぱいにしよう」という活動です。

101人の、泣いて、笑って、たった一言物語。世の中捨てたもんじゃない！

2020年3月4日　初版第1刷発行

監　修　志賀内 泰弘
発行者　池田 雅行
発行所　株式会社 ごま書房新社
〒101-0031
東京都千代田区東神田1-5-5
マルキビル7階
TEL 03-3865-8641（代）
FAX 03-3865-8643
本文イラスト　ねこまき（ミューズワーク）
カバーイラスト　（株）オセロ 大谷 治之
印刷・製本　精文堂印刷株式会社

ISBN978-4-341-08757-9 C0095

ごま書房新社の本

本体1400円＋税　四六版　216頁　ISBN978-4-341-08731-9　C0095

⬅ 続き①

これからお届けするのは、「お天気」をテーマにしたショートストーリーです。

「虹」「おひさま」「雨」「風」「雪」「季節」・・・。

お天気にまつわる「ことわざ」や「賢人の名言」などを軸にして、「レインボー銀座」の居酒屋「てるてる坊主」を舞台に「ハートウォーミング」な物語が、次々と巻き起こります。

誰にも心の中に「雨が降る」ことがあります。

辛いとき、哀しいとき、せつない時・・・本書で「元気」を出して心をパーッと青空にしていただけたらと願います。

心を晴らす「いい話」6編

第一章 「虹」のものがたり
"No rain, no rainbow."
・・・雨がふらなければ、

第二章 「雨」のものがたり
雨垂れ石をも穿つ
・・・あきらめない心

第三章 「風」のものがたり
樹静かならんと欲して風止まず
・・・人生とは
後悔を背負って生きるもの

第四章 「雪」のものがたり
欲と雪は積もるほど
道を忘れる
・・・吾れ唯足るを知る

第五章 「太陽」のものがたり
「お天とう様が見てくるぜ！」
・・・誰が見ていなくても、
自分が見ている

第六章 「季節」のものがたり
夏炉冬扇
・・・人はどこかで
誰かの役に立っている

← 続き②

登場人物

テル（ぶち猫）

５匹きょうだいの末っ子、２歳の女の子猫。レインボー商店街で生まれ、居酒屋「てるてる坊主」の大将に拾われる。

◇著者略歴

著者：志賀内 泰弘
（しがない やすひろ）

名古屋在住の作家、世の中を思いやりでいっぱいにする「プチ紳士・プチ淑女を探せ！」運動代表。著作はテレビ・ラジオドラマ化、有名私立中学入試問題に多数採用。中日新聞連載コラム「ほろほろ通信」を12年（500回）執筆。月刊「PHP」誌に、短編小説を連載中。著書に「No.1トヨタのおもてなし レクサス星が丘の奇跡」（PHP研究所）、『なぜ「そうじ」をすると人生が変わるのか？』（ダイヤモンド社）など20数冊。

イラスト：ねこまき
（ミューズワーク）

2002年より、名古屋を拠点としながらイラストレーター、コミック作家として活躍。コミックエッセイをはじめ、犬猫のゆるキャラマンガ、広告イラストなども手がけている。著書にはベストセラー『まめねこ1～8』シリーズ（さくら舎）、2019年公開映画の原作となった『ねことじいちゃん1～6』（KADOKAWA）、『ケンちゃんと猫。ときどきアヒル』（幻冬舎）ほか多数。

監修：寺尾 直樹
（てらお なおき）

気象予報士。NHK名古屋放送局気象キャスター。自然豊かな環境でのびのびと育ち、気象に興味をもち民間気象情報会社に就職。テレビ・ラジオ局に気象原稿を作成する業務をきっかけに気象キャスターに転身。CS放送、NHK-BS1の気象情報番組を経て、現在はNHK名古屋放送局と専属契約を結び、情報番組「まるっと！」出演など、夕方の顔として気象キャスター通算17年目を迎える。

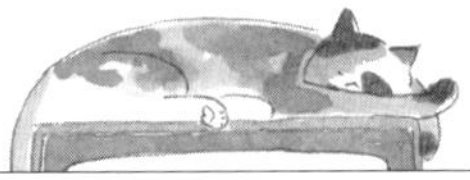

← 続き③

テラさん（寺田直之助）

夕方のニュース番組の顔で「お天気コーナー」を担当。晴れやかな笑顔の裏には苦労の数々が…。

真知子

子ども二人を抱えるシングルマザー。「ある日」を境に不運の連続となってしまう。

内堀勝雄

「てるてる坊主」の大将。気難しいが誰に対しても寛容で常連客が多い。十数年来のテラさんの大ファン。

内堀寛子

口数が少ない夫の勝雄のフォローをする、「てるてる坊主」みんなのお母さん。